सरकण्डों के पीछे

मण्टो अब तक-11

सरकण्डों के पीछे

सआदत हसन मण्टो

वाणी प्रकाशन

वाणी प्रकाशन

4695, 21-ए, दरियागंज, नयी दिल्ली 110 002

फ़ोन : +91 11 23273167 फ़ैक्स : +91 11 23275710

शाखाएँ

अशोक राजपथ, पटना 800 004, बिहार

कॉफ़ी हाउस कैम्पस, महात्मा गांधी मार्ग, इलाहाबाद 211 001, उत्तर प्रदेश

महात्मा गांधी अन्तरराष्ट्रीय हिन्दी विश्वविद्यालय, वर्धा 442 001, महाराष्ट्र

www.vaniprakashan.in
marketing@vaniprakashan.in
sales@vaniprakashan.in

SARKANDON KE PEECHHE
by Saadat Hasan Manto

ISBN : 978-93-5072-289-3
Collection of Short Stories

संस्करण 2012
आवृत्ति 2018

मूल्य : ₹125

एम.एस. प्रिंटर्स, दिल्ली-110 095 में मुद्रित

वाणी प्रकाशन का लोगो मक़बूल फ़िदा हुसेन की कूची से

भूमिका

रघुवीर सहाय ने अपनी कविता 'आत्महत्या के विरुद्ध' में लिखा है—

दर्द दर्द मैंने कहा क्या अब नहीं होगा
हर दिन मनुष्य से एक दर्जा नीचे रहने का दर्द

आदमी से एक दर्जा नीचे रहने का दर्द मण्टो की अधिकांश कहानियों में व्यक्त हुआ है। उदाहरण के लिए मैं मण्टो को प्रसिद्ध और बहुचर्चित कहानी 'हतक' को लेना चाहूँगा। मण्टो ने वेश्याओं पर और भी कई कहानियाँ लिखी हैं लेकिन हतक में पहली बार मण्टो ने उस सारी व्यवस्था को अपने आक्रोश का निशाना बनाया है, जिसमें सुगन्धी जैसी औरतें शोषण का शिकार बनने पर मजबूर होती हैं।

वेश्याओं की ज़िन्दगी पर अन्य लेखकों ने भी लिखा है। मैंने बेदी की कहानियाँ पढ़ी हैं और कमलेश्वर की 'महान' कहानी 'मांस का दरिया' भी। लेकिन किसी लेखक ने इस नुक्ते-नज़र से इस सारी स्थिति को नहीं देखा। बेदी की कहानियों में उनकी करुणा और दार्शनिक मिज़ाज झलकता है और कमलेश्वर की कहानी में चूँकि अन्तर्निहित दर्द और तकलीफ़ के एहसास की प्रेरणा नहीं है इसलिए मांस का दरिया निहायत ही लचर कहानी बन कर रह गयी है। 'उस दश्त की संयाही' का अभाव बेदी और कमलेश्वर दोनों की कहानियों में एक-सा है।

लेकिन इसके विपरीत मण्टो की कहानी में अनुभव की सच्चाई भी है और ज़ुल्म के एहसास की प्रेरणा भी। इसीलिए मैं हतक को वेश्याओं की ज़िन्दगी पर किसी भारतीय कथाकार द्वारा लिखी गयी कहानियों में पहली पंक्ति पर रखना चाहूँगा। हतक में मण्टो के दृष्टिकोण की लगभग सभी विशेषताएँ हैं—आक्रोश, दर्द और अपार मानवीयता। वेश्यावृत्ति की ज़लालत का ऐसा अपूर्व चित्र मण्टो ने इसमें खींचा है कि सेठ द्वारा सुगन्धी को नापसन्द कर दिये जाने वाले प्रसंग के बाद पाठक अनायास सुगन्धी के दिल की कुढ़न और उसके फूट पड़ते आक्रोश के सहभागी बन जाते हैं। मण्टो ने कहानी में स्पष्ट रूप से दो वर्गों का चित्रण किया है—पहला वह जो शोषण करता है, जो ख़रीदार है और जो चूँकि पैसे देता है, इसलिए वह अपनी पसन्दगी या नापसन्दगी ज़ाहिर कर सकता है। दूसरा वर्ग सुगन्धी का है, जो ज़लालत-भरी ज़िन्दगी जीते हुए भी, मानवीयता से रहित नहीं है, लेकिन जो इस शोषण का शिकार

बनने-बिकने के लिए मजबूर है। सुगन्धी इस दूसरे वर्ग में है और चूँकि वह सेठ से अपने अपमान का बदला नहीं ले पाती, इसीलिए उसका सारा गुस्सा माधो पर उतरता है जो सुगन्धी का सिर्फ़ आर्थिक शोषण ही नहीं करता, वरन उसकी सहज अच्छाई का भी फ़ायदा उठाता है। माधो के प्रति सुगन्धी के मन में जो गुस्सा है—और वह जो दरअसल मण्टो के अन्तर का आक्रोश है—जिसे वह उस सारी व्यवस्था के मुँह पर जैसे एक ज़न्नाटे के थप्पड़ की तरह जड़ देता है।

लेकिन मण्टो को यह मालूम है कि जब तक मौजूदा निज़ाम में परिवर्तन नहीं होगा तब तक सुगन्धी की स्थिति में कोई अन्तर नहीं आयेगा और कहानी की अन्तिम पंक्तियाँ सुगन्धी के अन्तर के उस भयावह शून्य को पूरी तरह उजागर कर देती हैं :

'उसके खाज-मारे कुत्ते ने...सो गयी।'

हतक के समानान्तर ही मण्टो की एक दूसरी कहानी—'नारा' को रखा जा सकता है जिसमें एक मूँगफली बेचने वाले के बेबसी-भरे आक्रोश को मण्टो ने व्यक्त किया है।

'नारा' और 'हतक' में ज्यादा फ़र्क नहीं है, हालाँकि 'हतक' में मण्टो की निगाह एक वेश्या पर है और 'नारा' में एक मूँगफली बेचने वाले पर। सुगन्धी और केशवलाल—दोनों उस व्यवस्था के सताये हुए हैं, जो आदमी को आदमी से एक स्तर नीचे जीने के लिए विवश करती है। जहाँ मानवीयता की कोई गुंजाइश नहीं है।

ऐसा निज़ाम कितना भ्रष्ट है— इसका बहुत ही व्यंग्य भरा चित्र मण्टो ने 'शहीद साज़' में खींचा है।

काठियावाड़ गुजरात का एक मुसलमान बनिया जो कोकीन का व्यापार करता था, बँटवारे के बाद पाकिस्तान चला जाता है और मकान एलॉट कराने का धन्धा शुरू कर देता है, जिसमें वह 'बेहिसाब माल-पानी' बना लेता है। लेकिन तभी उसे दिल पर बोझ महसूस होता है और वह इस नतीजे पर पहुँचता है कि 'दिल की गड़बड़' इस वजह से है कि उसने 'कोई नेक काम नहीं किया'। नेक काम की तलाश करते-करते वह इस निष्कर्ष पर पहुँचता है कि लोग अगर 'मरने' की बजाय 'शहीद' हुआ करें तो कितना अच्छा हो। और यूँ वह शहीद बनाने का नेक काम शुरू कर देता है।

सारी-की-सारी कहानी मण्टो की टेढ़ी नज़र का प्रमाण है जो बड़ी बारीकी से समाज के रगों-रेशे की छान-बीन करती थी। कहानी जिस व्यंग्य-भरे अन्दाज़ में लिखी गयी है—प्रथम पुरुष में, 'शहीद-साज़' की ओर से—वह उसे एक अविस्मरणीय कहानी बना देता है।

नीलाभ

अनुक्रम

वह लड़की

सवा चार बज चुके थे, लेकिन धूप में वही तेज़ी थी जो दोपहर को बारह बजे के क़रीब थी। उसने बालकनी में आ कर बाहर देखा तो उसे एक लड़की नज़र आयी, जो बज़ाहिर धूप से बचने के लिए एक सायादार दरख़्त की छाँव में आलथी-पालथी मारे बैठी थी।

उसका रंग गहरा साँवला था। इतना साँवला कि वह दरख़्त की छाँव का एक हिस्सा मालूम होता था। सुरेन्द्र ने जब उसको देखा तो उसने महसूस किया कि वह उसका साथ-संग चाहता है। हालाँकि वह इस मौसम में किसी के भी संग की ख़्वाहिश न कर सकता था।

मौसम बहुत वाहियात क़िस्म का था। गर्मी थी। सवा चार बज चुके थे। सूरज डूबने की तैयारियाँ कर रहा था, लेकिन मौसम निहायत ज़लील था। पसीना था कि छूटा जा रहा था। ख़ुदा मालूम कहाँ से लोम रन्ध्रों के ज़रिये इतना पानी निकल रहा था।

सुरेन्द्र ने कई मरतबा ग़ौर किया था कि पानी उसने ज़्यादा-से-ज़्यादा चार घण्टों में सिर्फ़ एक गिलास पिया होगा। मगर पसीना बिला मुबालग़ा चार गिलास निकला होगा। आख़िर यह कहाँ से आया?

जब उसने उस लड़की को दरख़्त की छाँव में आलथी-पालथी मारे देखा तो उसने सोचा कि दुनिया में सबसे ख़ुश यही है जिसे धूप की परवाह है, न मौसम की।

सुरेन्द्र पसीने में लथ-पथ था। उसकी बनियान उसके ज़िस्म के साथ बहुत बुरी तरह चिमटी हुई थी। वह कुछ इस तरह महसूस कर रहा था जैसे उसके बदन पर किसी ने मोबिल ऑयल मल दिया है। लेकिन इसके बावजूद जब उसने दरख़्त की छाँव में बैठी हुई लड़की को देखा तो उसके ज़िस्म में यह ख़्वाहिश पैदा हुई कि वह उसके पसीने के साथ घुल-मिल जाय। उसके मसामों के अन्दर दाख़िल हो जाय।

आसमान राख के रंग का था। कोई भी पक्के तौर पर नहीं कह सकता था कि बादल हैं या महज़ गर्द-ओ-गुबार। बहरहाल इस गर्द-ओ-गुबार या बादलों के बावजूद धूप की झलक मौजूद थी और वह लड़की बड़े इत्मीनान से पीपल की छाँव में बैठी

सुस्ता रही थी।

सुरेन्द्र ने अब की बार ग़ौर से उसकी तरफ़ देखा। उसका रंग गहरा साँवला था। मगर नक़्श बहुत तीखे थे। इस क़दर तीखे कि वह सुरेन्द्र की आँखों में कई मरतबा चुभे।

मज़दूर-पेशा लड़की मालूम होती थी। यह भी मुमकिन था कि भिखारिन हो। लेकिन सुरेन्द्र उसके बारे में कोई फ़ैसला नहीं कर सका था। असल में वह यह फ़ैसला कर रहा था कि आया उसे इस लड़की को इशारा करना चाहिए या नहीं।

घर में वह बिलकुल अकेला था। उसकी बहन मरी * में थी। माँ भी उसके साथ थी। बाप मर चुका था। एक भाई था, उससे छोटा, वह बोर्डिंग में रहता था। सुरेन्द्र की उम्र सत्ताईस-अट्ठाईस साल के क़रीब थी। इससे पहले वह अपनी दो अधेड़ उम्र की नौकरानियों से दो-तीन मरतबा सिलसिला लड़ा चुका था।

मालूम नहीं क्यों, लेकिन मौसम की ख़राबी के बावजूद सुरेन्द्र के दिल में यह ख़्वाहिश पैदा हो रही थी कि वह पीपल की छाँव में बैठी हुई लड़की के पास जाय, या उसे ऊपर ही से इशारा करे ताकि वह उसके पास आ जाय और वे दोनों एक-दूसरे के पसीने में ग़ोते लगायें और किसी नामालूम टापू में पहुँच जायें।

सुरेन्द्र ने बालकनी के कटहरे के पास खड़े हो कर ज़ोर से खँखारा, मगर लड़की मुतवज्जो न हुई। सुरेन्द्र ने जब कई मरतबा ऐसा किया और कोई नतीजा न निकला, तो उसने आवाज दी, अरे भई—ज़रा इधर देखो।

मगर लड़की ने फिर भी उसकी तरफ़ न देखा। वह अपनी पिण्डली खुजलाती रही।

सुरेन्द्र को बहुत उलझन हुई। अगर लड़की के बजाय कोई कुत्ता होता तो वह यक़ीनन उसकी आवाज़ सुन कर उसकी तरफ़ देखता। अगर उसे उसकी यह आवाज़ नापसन्द होती तो भौंकता। मगर उस लड़की ने जैसे उसकी आवाज़ सुनी ही नहीं थी। अगर सुनी थी तो अनसुनी कर दी थी।

सुरेन्द्र दिल-ही-दिल में बहुत खीझ रहा था। उसने एक बार बुलन्द आवाज़ में उस लड़की को पुकारा, "ए लड़की।"

लड़की ने फिर भी उसकी तरफ़ न देखा। झुँझला कर उसने अपना मलमल का कुर्ता पहना और नीचे उतरा। जब उस लड़की के पास पहुँचा तो वह उसी तरह अपनी नंगी पिण्डली खुजला रही थी।

सुरेन्द्र उसके पास खड़ा हो गया। लड़की ने एक नज़र उसकी तरफ़ देखा और शलवार नीची करके अपनी पिण्डली ढाँप ली।

सुरेन्द्र ने उससे पूछा, "तुम यहाँ क्या कर रही हो?"

---

* पंजाब का एक पहाड़ी शहर जो अब पाकिस्तान में है।

लड़की ने जवाब दिया, "बैठी हूँ।"

"क्यों बैठी हो?"

लड़की उठ खड़ी हुई, "लो, अब खड़ी हो गयी हूँ।"

सुरेन्द्र बौखला गया। "इससे क्या होता है, सवाल तो यह है कि तुम इतनी देर से यहाँ बैठी क्या कर रहीं थीं?"

लड़की का चेहरा और ज़्यादा सँवला गया। "तुम चाहते क्या हो?"

सुरेन्द्र ने थोड़ी देर अपने दिल को टटोला, "मैं क्या चाहता हूँ–मैं कुछ नहीं चाहता–मैं घर में अकेला हूँ। अगर तुम मेरे साथ चलो तो बड़ी मेहरबानी होगी।"

लड़की के गहरे साँवले होंटों पर अजीबो-ग़रीब क़िस्म की मुस्कराहट नमूदार हुई, "मेहरबानी–काहे की मेहरबानी–चलो।"

और दोनों चल दिये।

जब ऊपर पहुँचे तो लड़की सोफ़े के बजाय फ़र्श पर बैठ गयी और अपनी पिण्डली खुजलाने लगी। सुरेन्द्र उसके पास खड़ा सोचता रहा कि अब उसे क्या करना चाहिए।

उसने उसे ग़ौर से देखा। वह ख़ूबसूरत नहीं थी। लेकिन उसमें वे तमाम गोलाइयाँ और वे तमाम कोण मौजूद थे जो एक जवान लड़की में मौजूद होते हैं। उसके कपड़े मैले थे, लेकिन इसके बावजूद उसका मज़बूत जिस्म उसके बाहर झाँक रहा था।

सुरेन्द्र ने उससे कहा, "यहाँ क्यों बैठी हो–उधर सोफ़े पर बैठ जाओ।"

लड़की ने जवाब में क़दर कहा, "नहीं।"

सुरेन्द्र उसके पास फ़र्श पर बैठ गया, "तुम्हारी मर्ज़ी–लो, अब यह बताओ कि तुम कौन हो और दरख़्त के नीचे तुम इतनी देर से क्यों बैठी थीं?"

"मैं कौन हूँ और दरख़्त के नीचे क्यों बैठी थी–इससे तुम्हें कोई मतलब नहीं।" लड़की ने यह कह कर अपनी शलवार का पाँयचा नीचे कर लिया और पिण्डली खुजलाना बन्द कर दी।

सुरेन्द्र इस वक़्त उस लड़की की जवानी के बारे में सोच रहा था। वह उसका और उन दो अधेड़ उम्र की नौकरानियों का मुक़ाबला कर रहा था, जिनसे उसका दो-तीन मरतबा सिलसिला हो चुका था। वह महसूस कर रहा था कि वे इस लड़की के मुक़ाबले में ढीली-ढाली थीं। जैसे बरसों की इस्तेमाल की हुई साइकिलें, लेकिन इसका हर पुर्ज़ा अपनी जगह पर कसा हुआ था।

सुरेन्द्र ने उन अधेड़ उम्र की नौकरानियों से अपनी तरफ़ से कोई कोशिश नहीं की थी। वे खुद उसको खींच कर अपनी कोठरियों में ले जाती थीं। मगर सुरेन्द्र अब महसूस करता था कि यह सिलसिला उसको अब ख़ुद करना पड़ेगा। हालाँकि वह इसकी तकनीक से क़तअन नावाक़िफ़ था। बहरहाल, उसने अपने एक बाज़ू को

तैयार किया और उसे लड़की की कमर में बैठा दिया।

लड़की ने एक ज़ोर का झटका दिया, "यह क्या कर रहे हो तुम।"

सुरेन्द्र एक बार फिर बौखला गया, "मैं...मैं... कुछ भी नहीं।"

लड़की के गहरे साँवले होंटों पर अजीब क़िस्म की मुस्कराहट नमूदार हुई, "आराम से बैठे रहो।"

सुरेन्द्र आराम से बैठ गया। मगर उसके सीने में हलचल और ज़्यादा बढ़ गयी। चुनांचे उसने हिम्मत से काम ले कर लड़की को पकड़ कर अपने सीने के साथ भींच लिया।

लड़की ने बहुत हाथ-पाँव मारे, मगर सुरेन्द्र की गिरफ़्त बहुत मज़बूत थी। वह फ़र्श पर चित गिर पड़ी। सुरेन्द्र उसके ऊपर था। उसने धड़ाधड़ उसके गहरे साँवले होंट चूमने शुरू कर दिये।

लड़की बेबस थी। सुरेन्द्र का बोझ इतना था कि वह उसे उठा कर फेंक नहीं सकती थी। मजबूरी के चलते वह उसके बोझिल गीले चुम्बन बर्दाश्त करती रही।

सुरेन्द्र ने यह समझा कि वह राम हो गयी है, इसलिए उसने और आगे हाथ बढ़ाने शुरू किये। उसकी कमीज़ के अन्दर हाथ डाला। वह ख़ामोश रही। उसने हाथ-पाँव चलाने बन्द कर दिये। ऐसा मालूम होता था कि उसने विरोध को अब बेकार समझा है।

सुरेन्द्र को अब यक़ीन हो गया कि मैदान उसी के हाथ रहेगा। इसलिए उसने हाथों से काम लेना बन्द कर दिया और उससे कहा, "चलो आओ, पलँग पर लेटते हैं।"

लड़की उठी और उसके साथ चल दी। दोनों पलँग पर लेट गये—साथ ही तिपायी पर एक तश्तरी में चन्द माल्टे और एक तेज़ छुरी पड़ी थी। लड़की ने एक माल्टा उठाया और सुरेन्द्र से पूछा, "मैं खा लूँ?"

"हाँ, हाँ—एक नहीं सब खा लो।"

सुरेन्द्र ने छुरी उठायी और माल्टा छीलने लगा, मगर लड़की ने उससे दोनों चीज़ें ले लीं।

"मैं ख़ुद छीलूँगी।"

उसने बड़ी नफ़ासत से माल्टा छीला। उसके छिलके उतारे। फाँकों पर से सफ़ेद-सफ़ेद झिल्ली हटाई। फिर फाँकें अलहदा कीं, एक फाँक सुरेन्द्र को दी, दूसरी अपने मुँह में डाली और मज़ा लेते हुए पूछा, "तुम्हारे पास पिस्तौल है?"

सुरेन्द्र ने जवाब दिया, "हाँ—तुम्हें क्या करना है?"

लड़की के गहरे साँवले होंटों पर फिर वही अजीब-ओ-ग़रीब मुस्कराहट नमूदार हुई। "मैंने ऐसे ही पूछा था—तुम जानते हो न कि आज कल हिन्दू-मुस्लिम फ़साद हो रहे हैं।"

सुरेन्द्र ने दूसरा माल्टा तश्तरी में से उठाया, “आज से हो रहे हैं—बहुत दिनों से हो रहे हैं—मैं अपने पिस्तौल से चार मुसलमान मार चुका हूँ—बड़े ख़ूनी क़िस्म के।”

“सच?” यह कह कर लड़की उठ खड़ी हुई, “मुझे ज़रा वह पिस्तौल तो दिखाना।”

सुरेन्द्र उठा। दूसरे कमरे में जा कर उसने अपने मेज़ का दराज़ खोला और पिस्तौल ले कर बाहर आया। “यह लो—लेकिन ठहरो।” और उसने पिस्तौल का सेफ़्टी कैच लगा दिया, क्योंकि उसमें गोलियाँ भरी थीं।

लड़की ने पिस्तौल पकड़ा और सुरेन्द्र से कहा, “मैं भी आज एक मुसलमान मारूँगी।”

यह कह कर उसने सैफ़्टी कैच को एक तरफ़ किया और सुरेन्द्र पर पिस्तौल दाग़ दिया—वह फ़र्श पर गिर पड़ा और मौत के कगार पर पहुँची हालत में कराहने लगा, “यह तुमने क्या किया?”

लड़की के गहरे साँवले होंटों पर मुस्कराहट नमूदार हुई, “वे चार मुसलमान जो तुमने मारे थे, उनमें मेरा बाप भी था।”

मोज़ेल

त्रिलोचन ने पहली मरतबा–चार बरसों में पहली मरतबा-आसमान को देखा था और वह भी इसलिए कि उसकी तबियत सख़्त घबरायी हुई थी और वह महज़ खुली हवा में कुछ देर सोचने के लिए अडवानी चेम्बर्ज़ की टेरेस पर चला आया था।

आसमान बिलकुल साफ़ था, बादलों से बेनियाज़ राख के रंग के बहुत बड़े तम्बू की तरह सारी बम्बई पर तना हुआ था। नज़र की हद तक जगह-जगह बत्तियाँ रोशन थीं। त्रिलोचन ने ऐसा महसूस किया था कि आसमान से बहुत सारे सितारे झड़ कर बिल्डिंगों से, जो रात के अँधेरे में बड़े-बड़े दरख़्त मालूम होती थीं, अटक गये हैं और जुगनुओं की तरह टिमटिमा रहे हैं।

त्रिलोचन के लिए यह बिलकुल नया तजरूबा, एक नयी कैफ़ियत थी–रात को खुले आसमान के नीचे होना। उसने महसूस किया कि वह चार बरस तक अपने फ़्लैट में क़ैद रहा और कुदरत की एक बहुत बड़ी नेमत से महरूम। क़रीब-क़रीब तीन बजे थे। हवा बेहद हल्की-फुल्की थी। त्रिलोचन पंखे की धीमी-धीमी हवा का आदी था जो उसके सारे वजूद को बोझिल कर देती थी। सुबह उठ कर वह हमेशा यूँ महसूस करता था जैसे रात भर उसको मारा-पीटा गया है, पर अब सुबह की कुदरती हवा में उसके जिस्म का रोआँ-रोआँ तरोताज़गी चूस कर ख़ुश हो रहा था। जब वह ऊपर आया था तो उसका दिलोदिमाग़ सख़्त परेशान ओर घबराया हुआ था। लेकिन आधे घण्टे ही में वह घबराहट और डर जो उसको बहुत तंग कर रहा था किसी हद तक ठण्डा हो गया था। वह अब साफ़ तौर पर सोच सकता था।

कृपाल कौर और उसका सारा ख़ानदान...मुहल्ले में था–जो कट्टर मुसलमानों का मरकज़ था। यहाँ कई मकानों को आग लग चुकी थी। कई जानें तल्फ़ हो चुकी थीं। त्रिलोचन उन सबको ले आया हो तो, मगर मुसीबत यह थी कि कर्फ़्यू लागू हो गया था और वह भी न जाने कितने घण्टो का–ग़ालिबन अड़तालिस घण्टों का–और त्रिलोचन लाज़िमी तौर पर परेशान था। आस-पास सब मुसलमान थे। बड़े ख़ौफ़नाक क़िस्म के मुसलमान। और पंजाब से धड़ाधड़ ख़बरें आ रही थीं कि वहाँ सिख मुसलमानों पर बहुत ज़ुल्म ढा रहे हैं। कोई भी हाथ–मुसलमान हाथ-बड़ी

आसानी से नर्मो-नाज़ुक कृपाल कौर की कलाई पकड़ कर मौत के कुँए की तरफ़ ले जा सकता था।

कृपाल की माँ अन्धी थी। बाप फालिज-ज़दा। भाई था, वह भी कुछ अर्से से देवलाली में था कि उसे वहाँ अपने ताज़ा-ताज़ा लिये हुए ठेके की देख-भाल करनी थी।

त्रिलोचन को कृपाल के भाई निरंजन पर बहुत गुस्सा आता था। उसने, जो कि हर रोज़ अख़बार पढ़ता था, फ़सादात की तेज़ी और तुन्दी के बारे में हफ़्ते भर पहले आगाह कर दिया था और साफ़ लफ़्ज़ों में कह दिया था "निरंजन ये ठेके-वेके अभी रहने दो। हम एक बहुत ही नाज़ुक दौर से गुज़र रहे हैं। तुम्हारा यहाँ रहना हालाँकि बहुत ज़रूरी है, लेकिन यहाँ से उठ जाओ और मेरे यहाँ चले आओ। इसमें कोई शक नहीं कि जगह कम है लेकिन मुसीबत के दिनों में आदमी किसी-न-किसी तरह गुज़ारा कर लिया करता है–मगर वह न माना। उसका इतना बड़ा लेक्चर सुन कर सिर्फ़ अपनी घनी मूँछों में मुस्कराता रहा, "यार, तुम ख़ामख़्वाह फ़िक्र करते हो–मैंने यहाँ कई ऐसे फ़साद देखे हैं। यह अमृतसर या लाहौर नहीं। बॉम्बे है–बॉम्बे। तुम्हें यहाँ आये सिर्फ़ चार बरस हुए हैं और मैं बारह बरस से यहाँ रह रहा हूँ–बारह बरस से।"

जाने निरंजन बम्बई को क्या समझता था। उसका ख़याल था कि यह ऐसा शहर है कि अगर फ़साद बरपा भी हो तो उसका असर ख़ुद-ब-ख़ुद ख़त्म हो जाता है। जैसे इसके पास छूमन्तर है–या वह कहानियों का कोई ऐसा क़िला है जिस पर कोई आफ़त नहीं आ सकती, मगर त्रिलोचन सुबह की ठण्डी हवा में साफ़ देख रहा था कि–मुहल्ला बिलकुल महफ़ूज़ नहीं। वह तो सुबह के अख़बारों में यह भी पढ़ने के लिए तैयार था कि कृपाल कौर और उसके माँ बाप क़त्ल हो चुके हैं।

उसको कृपाल और उसके फ़ालिज-मारे बाप और उसकी अन्धी माँ की कोई परवा नहीं थी। वे मर जाते और कृपाल कौर बच जाती तो त्रिलोचन के लिए अच्छा था–वहाँ देवलाली में उसका भाई निरंजन भी मारा जाता तो और भी अच्छा था कि त्रिलोचन के लिए मैदान साफ़ हो जाता। ख़ास तौर पर निरंजन इस रास्ते में एक रोड़ा ही नहीं, बहुत बड़ा खंगर था। चुनांचे जब कभी कृपाल कौर से उसकी बात होती तो वह उसे निरंजन सिंह की बजाय खंगर सिंह कहता।

सुबह की हवा धीरे-धीरे बह रही थी–त्रिलोचन का केशों से बेनियाज सर बड़ी ख़ुशगवार ठण्डक महसूस कर रहा था। मगर उसके अन्दर बेशुमार अन्देशे एक-दूसरे के साथ टकरा रहे थे–कृपाल कौर नयी-नयी उसकी ज़िन्दगी में दाख़िल हुई थी। वह यूँ तो हट्टे-कट्टे खंगर सिंह की बहन थी, मगर बहुत ही नर्मोनाज़ुक लचीली थी। उसने देहात में परवरिश पायी थी, वहाँ की कई गर्मियाँ-सर्दियाँ देखी थीं, मगर उसमें वह सख़्ती, वह गठाव, वह मर्दानापन नहीं था जो देहात की आम सिख

लड़कियों में होता है जिन्हें कड़ी-से-कड़ी मशक्कत करनी पड़ती है।

उसके नक़्श पतले थे जैसे अभी नामुकम्मल हैं। छोटी-छोटी छातियाँ थीं जिन पर बालाइयों की चन्द तहें चढ़ने की ज़रूरत थी। आम सिख लड़कियों के मुक़ाबले उसका रंग गोरा था, मगर कोरे लट्ठे की तरह और बदन चिकना था जिस तरह मर्सिराइज़्ड कपड़े की सतह होती है। बेहद शर्मीली थी।

त्रिलोचन उसी के गाँव का था, मगर ज़्यादा देर वहाँ रहा नहीं था। प्राइमरी से निकल कर जब वह शहर के हाई स्कूल में गया तो बस फिर वहीं का हो कर रह गया। स्कूल से फ़ारिग़ हुआ तो कॉलेज की तालीम शुरू हो गयी। इस दौरान वह कई मरतबा—अनगिनत मरतबा अपने गाँव गया। मगर उसने कृपाल कौर के नाम की किसी लड़की का नाम तक न सुना। शायद इसलिए कि वह हर बार इस अफ़रा-तफ़री में रहता कि जल्द-से-जल्द वापस शहर पहुँचे।

कॉलेज का ज़माना बहुत पीछे रह गया था। अडवानी चेम्बर्ज़ के टेरेस और कॉलेज की इमारत में ग़ालिबन दस बरस का फ़ासला था और यह फ़ासला त्रिलोचन की ज़िन्दगी की अजीबोग़रीब घटनाओं से भरा था। बर्मा, सिंगापुर, हौंगकौंग—फिर बम्बई, जहाँ वह चार बरस से मुकीम था।

इन चार बरसों में उसने पहली मरतबा रात को आसमान की शक्ल देखी। जो बुरी नहीं थी—राख के रंग के तम्बू की छत में हज़ारों दिये रोशन थे और हवा ठण्डी और हल्की-फुल्की थी।

कृपाल कौर की सोचते-सोचते वह मोज़ेल के मुताल्लिक़ सोचने लगा। उस यहूदी लड़की के बारे में जो अडवानी चैम्बर्ज़ में रहती थी। उससे त्रिलोचन को गोडे-गोडे इश्क़ हो गया था। ऐसा इश्क़ जो उसने अपनी पैंतीस बरस की ज़िन्दगी में कभी नहीं किया था।

जिस दिन उसने अडवानी चेम्बर्ज़ में अपने एक ईसाई दोस्त की मार्फ़त दूसरे माले पर फ़्लैट लिया, उसी दिन उसकी मुडभेड़ मोज़ेल से हुई जो पहली नज़र में देखने पर उसे ख़ौफनाक तौर पर दीवानी मालूम हुई थी। कटे हुए भूरे बाल उसके सर पर परेशान थे। बेहद परेशान। होंटों पर लिपस्टिक यूँ जमी थी जैसे गाढ़ा ख़ून और वह भी जगह-जगह से चटखी हुई थी। ढीला-ढाला लम्बा सफ़ेद चोग़ा पहने थी, जिसके खुले गिरेबान से उसकी नील पड़ी बड़ी-बड़ी छातियाँ चौथाई के क़रीब नज़र आ रही थीं। बाँहें जो कि नंगी थीं महीन-महीन बालों से अटी हुई थीं जैसे वह अभी-अभी किसी सैलून से बाल कटवा के आयी है और उनकी नन्ही-नन्ही हवाइयाँ उन पर जम गयी हैं।

होंट इतने मोटे नहीं थे, मगर गहरे उन्नाबी रंग की लिपिस्टक कुछ इस अन्दाज़ से लगायी गयी थी कि वे मोटे और भैंसे की गोश्त के टुकड़े मालूम होते थे।

त्रिलोचन का फ़्लैट उसके फ़्लैट के बिलकुल सामने था। बीच में एक तंग गली

थी। बहुत ही तंग। जब त्रिलोचन अपने फ़्लैट में दाख़िल होने के लिए आगे बढ़ा तो मोज़ेल ने अपने परेशान बालों की चिकों में से बड़ी-बड़ी आँखों से त्रिलोचन की तरफ़ देखा और हँसी। त्रिलोचन बौखला गया। जेब से चाबी निकाली। वह जल्दी से दरवाज़े की जानिब बढ़ा। मोज़ेल की एक खड़ाऊँ सीमेण्ट की चिकने फ़र्श पर फिसली और उसके ऊपर आ रही।

जब त्रिलोचन सँभला तो मोज़ेल उसके ऊपर थी—कुछ इस तरह कि उसका लम्बा चोग़ा ऊपर चढ़ गया था और उसकी दो नंगी—बड़ी तगड़ी टाँगें उसके इधर-उधर थीं और...जब त्रिलोचन ने उठने की कोशिश की तो वह बौखलाहट में कुछ इस तरह मोज़ेल—सारी मोज़ेल से उलझा जैसे वह साबुन की तरह इसके सारे बदन पर फिर गया है।

त्रिलोचन ने हाँफते हुए मुनासिब अलफ़ाज़ में उससे माफ़ी माँगी। मोज़ेल ने अपना लबादा ठीक किया और मुस्करा दी, "यह खड़ाऊँ एकदम कण्डम चीज़ है।" और वह उतरी हुई खड़ाऊँ में अपना अँगूठा और उसके साथ वाली उँगली फँसाती कॉरीडोर से बाहर चली गयी।

त्रिलोचन का ख़याल था कि मोज़ेल से दोस्ती पैदा करना शायद मुश्किल हो। लेकिन वह बहुत थोड़े अर्से में उससे घुल-मिल गयी। लेकिन एक बात थी कि वह बहुत ख़ुदसर थी। वह त्रिलोचन को कभी ख़ातिर में नहीं लाती थी। उससे खाती थी, पीती थी, उसके साथ सिनेमा जाती थी, सारा दिन उसके साथ जूहू पर नहाती थी। लेकिन जब वह बाँहों और होंटों से कुछ आगे बढ़ना चाहता तो वह उसे डाँट देती। कुछ इस तौर पर उसे घुड़कती कि उसके सारे वलवले उसकी दाढ़ी और मूँछों में चक्कर काटते रह जाते।

त्रिलोचन की पहले किसी के साथ मुहब्बत नहीं हुई थी। लाहौर में, बर्मा में, सिंगापुर में, वह कुछ अर्से के लिए लड़कियाँ ख़रीद लिया करता था। उसके वहमो-गुमान में भी यह बात नहीं थी कि बम्बई पहुँचते ही वह एक निहायत अल्हड़ क़िस्म की यहूदी लड़की के इश्क़ में गोडे-गोडे धँस जायेगा। वह उससे कुछ अजीब क़िस्म खुलापन और बेतकल्लुफ़ी बरतती थी। उसके कहने पर फ़ौरन सज-बन कर सिनेमा जाने को तैयार हो जाती थी, मगर जब वह अपनी सीट पर बैठते तो इधर-उधर निगाहें दौड़ाना शुरू कर देती। कोई पहचान वाला निकल जाता तो ज़ोर से हाथ हिलाती और त्रिलोचन से इजाज़त लिये बग़ैर उसके पहलू में जा बैठती।

होटल में बैठे हैं, त्रिलोचन ने ख़ास तौर पर मोज़ेल के लिए पुरतकल्लुफ़ खाने मँगवाये हैं, मगर उसको कोई अपना पुराना दोस्त नज़र आ गया और वह निवाला छोड़ कर उसके पास जा बैठी है और त्रिलोचन के सीने पर मूँग दल रही है।

त्रिलोचन कई बार भन्ना जाता था, क्योंकि वह उसे क़तई तौर पर छोड़ कर अपने उन पुराने दोस्तों-परिचितों के साथ चली जाती थी और कई-कई दिन उससे

मुलाक़ात न करती थी। कभी सरदर्द का बहाना और कभी पेट की ख़राबी का जिसके मुताल्लिक़ त्रिलोचन को अच्छी तरह मालूम था कि वह फ़ौलाद की तरह सख़्त है और कभी ख़राब नहीं हो सकता।

जब उससे मुलाक़ात होती तो वह उससे कहती, "तुम सिख हो—ये नाजुक बातें तुम्हारी समझ में नहीं आ सकतीं।"

त्रिलोचन जल-भुन जाता और पूछता, "कौन सी नाजुक बातें—तुम्हारे पुराने यारों की?"

मोज़ेल दोनों हाथ अपने चौड़े-चकले कूल्हों पर टिका कर अपनी तगड़ी टाँगें चौड़ी कर देती और कहती, ''यह तुम मुझे उनके ताने क्या देते हो—हाँ, वे मेरे यार हैं—और मुझे अच्छे लगते हैं। तुम जलते हो तो जलते रहो।''

त्रिलोचन बड़े वकीलाना अन्दाज़ में पूछता, "इस तरह तुम्हारी मेरी किस तरह निभेगी।"

मोज़ेल ज़ोर से कहकहा लगाती, "तुम सचमुच सिख हो—ईडियट तुमसे किसने कहा है कि मेरे साथ निभाओ—अगर निभाने की बात है तो जाओ अपने वतन में किसी सिखनी से शादी कर लो—मेरे साथ तो इसी तरह चलेगा।"

त्रिलोचन नर्म हो जाता। दरअसल मोज़ेल उसकी ज़बरदस्त कमज़ोरी बन गयी थी। वह हर हालत में उसकी क़ुर्बत का ख़्वाहिशमन्द था। इसमें कोई शक नहीं कि मोज़ेल की वज़ह से उसकी अक्सर तौहीन होती। मामूली क्रिश्चियन लोगों के सामने जिनकी कोई हैसियत नहीं थी, उसे छोटा बनना पड़ता। मगर दिल से मजबूर हो कर उसने यह सब बर्दाश्त करने की ठान ली थी।

आम तौर पर तौहीन और हतक़ का नतीजा बदला होता है, मगर त्रिलोचन के मामले में ऐसा नहीं था। उसने अपने दिलोदिमाग़ की बहुत-सी आँखें मीच ली थीं और कई कानों में रुई ठूँस ली थी। उसको मोज़ेल पसन्द थी—पसन्द ही नहीं, जैसा कि वह अक्सर अपने दोस्तों से कहता था, वह "गोडे गोडे" उसके इश्क़ में धँस गया था। अब इसके सिवा और कोई चारा नहीं था कि उसके जिस्म का जितना हिस्सा बाक़ी रह गया है वह भी इश्क़ के दलदल में चला जाय और क़िस्सा ख़त्म हो।

दो बरस तक वह इसी तरह ख़्वार होता रहा। लेकिन साबित क़दम रहा। आख़िर एक रोज़ जबकि मोज़ेल मौज में थी उसने उसको अपने बाज़ुओं में समेट कर पूछा—''मोज़ेल क्या तुम मुझ से मुहब्बत नहीं करती हो।''

मोज़ेल, उसके बाज़ुओं से जुदा हो गयी और कुर्सी पर बैठ कर अपने फ्रौक का घेरा देखने लगी। फिर उसने अपनी मोटी-मोटी यहूदी आँखें उठायीं और घनी पलकें झपका कर कहा, "मैं सिख से मुहब्बत नहीं कर सकती।"

त्रिलोचन ने ऐसा महसूस किया कि पगड़ी के नीचे उसके केसों में किसी ने दहकती हुई चिंगारी रख दी है। उसके तन-बदन में आग लग गयी—"मोज़ेल तुम

हमेशा मेरा मज़ाक़ उड़ाती हो—यह मेरा मज़ाक़ नहीं मेरी मुहब्बत का मज़ाक़ है।''

मोज़ेल उठी और उसने अपने भूरे तराशे बालों को एक दिलफ़रेब झटका दिया "तुम शेव करा लो और अपने सर के बाल खुले छोड़ दो—तो मैं शर्त लगाती हूँ कई लौंडे तुम्हें आँख मारेंगे—तुम ख़ूबसूरत हो।"

त्रिलोचन के केसों में मज़ीद चिंगारिया पड़ गयीं। उसने आगे बढ़ कर ज़ोर से मोज़ेल को अपनी तरफ़ घसीटा और उसके उन्नाबी होंटों में अपने मूँछों भरे होंट पैबस्त कर दिये।

मोज़ेल ने एकदम फूँ-फूँ की और उसकी गिरफ़्त से इलाहदा हो गयी, "मैं सुबह अपने दाँतों पर ब्रश कर चुकी हूँ—तुम तकलीफ़ न करो।"

त्रिलोचन चिल्लाया, "मोज़ेल।"

मोज़ेल वेनेटी बैग से नन्हा-सा आयीना निकाल कर अपने होंट देखने लगी जिन पर लगी गाढ़ी लिपिस्टक पर ख़राशें आ गयी थीं "ख़ुदा की क़सम, तुम अपनी दाढ़ी मूँछों का सही इस्तेमाल नहीं करते—इनके बाल ऐसे अच्छे हैं कि मेरे नेवी ब्लू स्कर्ट को बहुत अच्छी तरह साफ़ कर सकते हैं—बस थोड़ा-सा पेट्रोल लगाने की ज़रूरत होगी।

त्रिलोचन गुस्से की उस इन्तहा तक पहुँच चुका था जहाँ वह बिलकुल ठण्डा हो गया था। आराम से सोफ़े पर बैठ गया। मोज़ेल भी आ गयी और उसने त्रिलोचन की दाढ़ी खोलनी शुरू कर दी—उसमें जो पिनें लगी थीं वे उसने एक-एक करके अपने दाँतों तले दबा लीं।

त्रिलोचन ख़ूबसूरत था। जब उसके दाढ़ी-मूँछें नहीं उगी थीं तो वाक़ई लोग उसको खुले केसों के साथ देख कर धोखा खा जाते थे कि वह कोई कम उम्र ख़ूबसूरत लड़की है। मगर बालों के इस अम्बार ने अब उसके तमाम नख-शिख झाड़ियों के मानिन्द अन्दर छुपा लिये थे। उसको यह एहसास था। मगर वह एक फ़र्माबरदार लड़का था। उसके दिल में मज़हब का एहतराम था। वह नहीं चाहता था उन चीज़ों को अपने वजूद से अलग कर दे जिनसे उसके मज़हब की ज़ाहिरा पहचान होती थी।

जब दाढ़ी पूरी खुल गयी और उसके सीने पर लटकने लगी तो उसने मोज़ेल से पूछा, "यह तुम क्या कर रही हो?"

दाँतों में पिनें दबाये वह मुस्कुरायी, ''तुम्हारे बाल बहुत मुलायम हैं। मेरा अन्दाज़ा ग़लत था कि मेरा नेवी ब्लू स्कर्ट साफ़ हो सकेगा—त्रिलोचन, तुम यह मुझे दे दो। मैं इन्हें गूँथ कर अपने लिए एक फ़र्स्टक्लास बटुआ बनऊँगी।"

अब त्रिलोचन की दाढ़ी में चिंगारियाँ भड़कने लगीं। वह बड़ी संजीदगी से मोज़ेल से मुख़ातिब हुआ, "मैंने आज तक तुम्हारे मज़हब का मज़ाक़ नहीं उड़ाया—लेकिन तुम क्यों उड़ाती हो? देखो किसी के मज़हबी जज़्बात से खेलना अच्छा नहीं होता। मैं यह कभी बरदाश्त न करता, मगर सिर्फ़ इसलिए करता रहा

कि मेरी मुहब्बत बकवास नहीं—मैं तुमसे शादी करना चाहता हूँ।"

"मुझे मालूम है," बालों को एक हल्का-सा झटका दे कर वह उठी और दीवार से लटकी हुई तसवीर की तरफ़ देखने लगी, "मैं भी क़रीब-क़रीब यही फ़ैसला कर चुकी हूँ कि तुमसे शादी करूँगी।"

त्रिलोचन उछल पड़ा, "सच?"

मोज़ेल के उन्नाबी होंट बड़ी मोटी मुस्कुराहट के साथ खुले और उसके सफ़ेद मज़बूत दाँत एक पल के लिए चमके, "हाँ।"

त्रिलोचन ने अपनी आधी लिपटी हुई दाढ़ी ही से उसको अपने सीने के साथ भींच लिया, "तो...तो कब..."

मोज़ेल अलग हट गयी, "जब—तुम अपने यह बाल कटवा दोगे।"

त्रिलोचन 'जो हो सो हो' बना था। उसने कुछ न सोचा और कह दिया, "मैं कल ही कटवा दूँगा।"

मोज़ेल फ़र्श पर टैप डांस करने लगी, "तुम बकवास करते हो त्रिलोचन, तुममें इतनी हिम्मत नहीं है।"

उसने त्रिलोचन के दिलोदिमाग़ से मज़हब के रहे-सहे ख़याल को निकाल बाहर फेंका, "तुम देख लोगी।"

"देख लूँगी," और वह तेज़ी से आगे बढ़ी, त्रिलोचन को चूमा और फिर फ़ू-फ़ू करती बाहर निकल गयी।

त्रिलोचन ने रात भर क्या सोचा—वह किन-किन तकलीफ़ों से गुज़रा इसकी बात करना बेकार है, इसलिए कि दूसरे रोज़ उसने फ़ोर्ट में अपने केस कटवा दिये और दाढ़ी भी मुड़वा दी—यह सब कुछ होता रहा और वह आँखे मींचे रहा। जब सारा मामला साफ़ हो गया तो उसने आँखें खोलीं और देर तक अपनी शक्ल आयीने में देखता रहा जिस पर बम्बई की हसीन-से-हसीन लड़की भी कुछ देर के लिए ग़ौर करने पर मजबूर हो जाती।

त्रिलोचन वही अजीबोग़रीब ठण्डक महसूस करने लगा था जो सैलून से बाहर निकल कर उसको लगी थी। उसने टेरेस पर तेज़-तेज़ चलना शुरू कर दिया जहाँ टंकियों और नलों का एक हुजूम था। वह चाहता था कि इस दास्तान का बक़ाया हिस्सा उसके दिमाग़ में न आये, मगर वह आये बिना न रहा।

बाल कटवा कर वह पहले दिन घर से बाहर नहीं निकला था। उसने अपने नौकर के हाथ दूसरे रोज़ चिट मोज़ेल को भेजी कि उसकी तबीयत नासाज़ है, थोड़ी देर के लिए आ जाय। मोज़ेल आयी। त्रिलोचन को बालों के बग़ैर देख कर वह एक पल के लिए ठिठकी फिर "माई डार्लिंग त्रिलोचन" कह कर उसके साथ लिपट गयी और उसका सारा चेहरा उन्नाबी कर दिया।

उसने त्रिलोचन के साफ़ और मुलायम गालों पर हाथ फेरा। उसके छोटे, अंग्रेजी

काट के बालों में अपनी उँगलियों से कंघी की और अरबी जबान में नारे मारती रही। उसने इस क़दर शोर मचाया कि उसकी नाक से पानी बहने लगा—मोज़ेल ने जब यह महसूस किया तो अपनी स्कर्ट का घेरा उठाया और उसे पोंछना शुरू कर दिया। त्रिलोचन शर्मा गया। उसने स्कर्ट नीचे की और झिड़कते हुए उससे कहा "नीचे कुछ पहन तो लिया करो।"

मोज़ेल पर इसका कुछ असर न हुआ। बासी, और जगह-जगह से उखड़ी हुई लिपिस्टक लगे होंटों से मुसकुरा कर उसने सिर्फ़ इतना कहा, "मुझे बड़ी घबराहट होती है—ऐसे ही चलता है।"

त्रिलोचन को वह पहला दिन याद आ गया जब वह और मोज़ेल दोनों टकरा गये थे और आपस में कुछ अजीब तरह गड्डमड्ड हो गये थे। मुस्कराकर उसने मोज़ेल को अपने सीने से लगा लिया, "शादी कल होगी।"

"ज़रूर।" मोज़ेल ने त्रिलोचन की मुलायम ठोढ़ी पर अपने हाथ की पुश्त फेरी।

तय यह हुआ कि शादी पूने में हो। चूँकि सिविल मैरिज थी, इसलिए उनको दस-पन्द्रह दिन का नोटिस देना था। अदालती कार्रवाई थी, इसलिए मुनासिब यही ख़याल किया गया कि पूना बेहतर है। पास है और त्रिलोचन के वहाँ कई दोस्त भी हैं। दूसरे रोज़ उन्हें प्रोग्राम के मुताबिक पूना रवाना हो जाना था।

मोज़ेल फ़ोर्ट के एक स्टोर में सेल्ज़ गर्ल थी। इससे कुछ फ़ासले पर टैक्सी स्टैण्ड था। बस यहीं मोज़ेल ने उसको इन्तज़ार करने को कहा था—त्रिलोचन वक़्त मुकर्रर पर वहाँ पहुँचा। डेढ़ घण्टा इन्तज़ार करता रहा, मगर वह न आयी। दूसरे रोज़ उसे मालूम हुआ कि वह अपने एक पुराने दोस्त के साथ, जिसने ताज़ा-ताज़ा मोटर ख़रीदी है, देवलाली चली गयी है और वह कब तक वहाँ रहेगी, यह तय नहीं है।

त्रिलोचन पर क्या गुज़री? —यह एक लम्बी कहानी है। क़िस्सा मुख़्तसर यह है कि उसने जी कड़ा किया और उसको भूल गया—इतने में उसकी मुलाक़ात कृपाल कौर से हो गयी और वह उससे मुहब्बत करने लगा और थोड़े ही अर्से में उसने महसूस किया कि मोज़ेल बहुत वाहियात लड़की थी जिसके दिल के साथ पत्थर लगे हुए थे और जो चिड़ों के मानिन्द एक जगह से दूसरी जगह फुदकता रहता था। इस एहसास से उसको यक़ीनन तसल्ली हुई थी कि वह मोज़ेल से शादी करने की ग़लती न कर बैठा था। लेकिन इसके बावजूद कभी-कभी मोज़ेल की याद एक चुटकी की मानिन्द उसके दिल को पकड़ लेती थी और फिर छोड़ कर कुदकड़े लगाती ग़ायब हो जाती थी—वह बेहया थी—बेमुरव्वत थी—उसको किसी के जज़्बात का पास नहीं था, फिर भी वह त्रिलोचन को पसन्द थी। इसलिए कभी-कभी वह उसके बारे में सोचने पर मजबूर हो जाता कि वह देवलाली में इतने अर्से से क्या कर रही है उसी आदमी के साथ है जिसने नयी-नयी कार ख़रीदी थी या उसे छोड़ कर किसी और के पास चली गयी है। उसके इस ख़याल से सख़्त कोफ़्त होती थी कि वह उसके

सिवा किसी और के पास होगी। हालाँकि उसको मोज़ेल के किरदार का बख़ूबी इल्म था।

वह उस पर सैकड़ों नहीं हज़ारों रुपये ख़र्च कर चुका था, लेकिन अपनी मर्ज़ी से, वरना मोज़ेल महँगी नहीं थी। उसको बहुत सस्ती किस्म की चीज़ें पसन्द आती थीं। एक मरतबा त्रिलोचन ने उसे सोने के टॉप्स देने का इरादा किया जो उसे बहुत पसन्द थे, मगर उसी दुकान में मोज़ेल नक़ली और भड़कीली और बहुत सस्ती झुमकियों पर मर मिटी और सोने के टॉप्स छोड़ कर त्रिलोचन से मिन्नतें करने लगी कि वह उन्हें ख़रीद दे।

त्रिलोचन अब तक नहीं समझ सका कि मोज़ेल किस क़िस्म की लड़की है किस पानी-मिट्टी से बनी है। वह घंटों उसके साथ लेटी रहती थी। उसको चूमने की इजाज़त देती थी। वह सारा-का-सारा साबुन की मानिन्द उसके जिस्म पर फिर जाता था, मगर वह उसको आगे एक इंच बढ़ने नहीं देती थी। उसको चिढ़ाने की ख़ातिर इतना कह देती थी, "तुम सिख हो, मुझे तुमसे नफ़रत है।"

त्रिलोचन अच्छी तरह महसूस करता था कि मोज़ेल को उससे नफ़रत नहीं। अगर ऐसा होता तो वह उससे कभी न मिलती। बरदाश्त का माद्दा उसमें रत्ती भर नहीं था। वह कभी दो बरस तक उसकी सोहबत में न गुज़ारती। दो टूक फ़ैसला कर देती। अण्डरवियर उसको नापसन्द थे। इसलिए कि उनसे उसको उलझन होती थी। त्रिलोचन ने कई बार उसको इनकी ज़रूरत से आगाह किया। उसको शर्मो-हया का वास्ता दिया, मगर उसने यह चीज़ कभी न पहनी।

त्रिलोचन जब उससे हया का बात करता तो वह चिढ़ जाती थी, "यह हया क्या बकवास है—अगर तुम्हें इसका कुछ ख़याल है तो आँखें बन्द कर लिया करो—तुम मुझे यह बताओ कौन-सा लिबास है जिसमें आदमी नंगा नहीं हो सकता—या जिसमें से तुम्हारी निगाहें पार नहीं हो सकतीं—मुझसे ऐसी बकवास न किया करो—तुम सिख हो—मुझे मालूम है कि तुम पतलून के नीचे एक सिली-सा अण्डरवियर पहनते हो जो निक्कर से मिलता जुलता है—यह भी तुम्हारी दाढ़ी और सर के बालों की तरह तुम्हारे मज़हब में शामिल है—शर्म आनी चाहिए तुम्हें। इतने बड़े हो गये हो और अभी तक यही समझते हो कि तुम्हारा मज़हब अण्डरवियर में छुपा बैठा है।"

त्रिलोचन को शुरू-शुरू में ऐसी बातें सुन कर गुस्सा आया था, मगर बाद में ग़ौरो फ़िक्र करने पर वह कभी-कभी लुढ़क जाता था—और सोचता था कि मोज़ेल की बातें शायद नादुरुस्त नहीं और जब उसने अपने केसों और दाढ़ी का सफ़ाया करा दिया था तो उसे क़तई तौर पर ऐसा महसूस हुआ कि वह बेकार इतने दिन बालों का इतना बोझ उठाये-उठाये फिरा, जिसका कुछ मतलब ही नहीं था।

पानी की टंकी के पास पहुँच कर त्रिलोचन रुक गया। मोज़ेल को एक बड़ी मोटी गाली दे कर उसने उसके बारे में सोचना बन्द कर दिया। किरपाल कौर एक

पाक़ीज़ा लड़की थी, जिससे उसको मुहब्बत हुई थी, ख़तरे में थी। वह एक ऐसे मुहल्ले में थी जिसमें कट्टर क़िस्म के मुसलमान रहते थे और वहाँ दो-तीन वारदातें भी हो चुकी थीं—लेकिन मुसीबत यह थी कि उस मुहल्ले में अड़तालीस घण्टे का कर्फ़्यू था। मगर कर्फ़्यू की कौन परवाह करता है! उस मुहल्ले के मुसलमान ही अगर चाहते तो अन्दर-ही-अन्दर किरपाल कौर, उसकी माँ और बाप का बड़ी आसानी के साथ सफ़ाया कर सकते थे।

त्रिलोचन सोचता-सोचता पानी के मोटे नल पर बैठ गया। उसके सिर के बाल काफ़ी लम्बे हो गये थे। उसको यक़ीन था कि एक साल के अन्दर-अन्दर ये पूरे केशों में तब्दील हो जायेंगे। उसकी दाढ़ी तेज़ी से बढ़ी थी, मगर वह इसे बढ़ाना नहीं चाहता था। फ़ोर्ट में एक 'बारबर' था। वह इस सफ़ाई से उसे तराशता था कि तराशी हुई दिखायी नहीं देती थी।

उसने अपने लम्बे और मुलायम बालों में उँगलियाँ फेरीं और एक सर्द आह भरी। उठने का इरादा कर ही रहा था कि उसे खड़ाऊँ की कड़ी आवाज़ सुनाई दी। उसने सोचा, कौन हो सकता है?—बिल्डिंग में कई यहूदी औरतें थीं, जो सबकी-सब घर में खड़ाऊँ पहनती थीं। आवाज़ क़रीब आती गयी। एकदम उसने दूसरी टंकी के पास मोज़ेल को देखा जो यहूदियों का विशेष ढंग का ढीला-ढाला कुर्ता पहने बड़े ज़ोर की अँगड़ाई ले रही थी। इस ज़ोर की कि त्रिलोचन को महसूस हुआ कि आस-पास की हवा चटख जायेगी।

त्रिलोचन पानी के नल पर से उठा। उसने सोचा, 'यह एकाएकी कैसे नमूदार हो गयी—और इस वक़्त टेरेस पर क्या करने आयी है?'

मोज़ेल ने एक और अँगड़ाई ली—अब त्रिलोचन की हड्डियाँ चटखने लगीं।

ढीले-ढाले कुर्ते में उसकी मज़बूत छातियाँ धड़कीं—त्रिलोचन की आँखों के सामने कई गोल-गोल और चपटे-चपटे नीले उभर आये। वह ज़ोर से खाँसा। मोज़ेल ने पलट कर उसकी ओर देखा और खड़ाऊँ घसीटती वह उसके पास आयी और उसकी नन्ही-मुन्नी दाढ़ी देखने लगी—"तुम फिर सिख बन गये त्रिलोचन?"

दाढ़ी के बाल त्रिलोचन को चुभने लगे।

मोज़ेल ने आगे बढ़ कर उसकी ठोड़ी के साथ अपने हाथ की पुश्त रगड़ी और मुस्करा कर कहा, "अब ब्रश इस क़ाबिल है कि मेरी नेवी ब्लू स्कर्ट साफ़ कर सके, मगर वह तो वहीं देवलाली में रह गयी है।"

त्रिलोचन खामोश रहा।

मोज़ेल ने उसके बाज़ू की चुटकी ली, "बोलते क्यों नहीं सरदार साहब?"

त्रिलोचन अपनी पिछली बेवकूफ़ियों को दुहराना नहीं चाहता था। फिर भी उसने सुबह के झुटपुटे अँधेरे में मोज़ेल के चेहरे को ग़ौर से देखा—कोई ख़ास तब्दीली नहीं आयी थी। त्रिलोचन ने उससे पूछा, "बीमार रही हो?"

"नहीं।" मोज़ेल ने अपने तराशे हुए बालों को हल्का-सा झटका दिया।

"पहले से कमज़ोर दिखायी देती हो।"

"मैं डायटिंग कर रही हूँ।" मोज़ेल पानी के मोटे नल पर बैठ गयी और खड़ाऊँ फ़र्श के साथ बजाने लगी—"तुम गोया कि—अब फिर—नये सिरे से सिख बन रहे हो?"

त्रिलोचन ने किसी क़द्र ढिठाई से कहा, "हाँ।"

"मुबारक हो।" मोज़ेल ने एक खड़ाऊँ पैर से उतार ली और पानी के नल पर बजाने लगी, "किसी और लड़की से मुहब्बत करनी शुरू कर दी?"

त्रिलोचन ने आहिस्ता से कहा, "हाँ।"

"मुबारक हो—इसी बिल्डिंग की है कोई?"

"नहीं।"

"यह बहुत बुरी बात है।" मोज़ेल खड़ाऊँ अपनी उँगलियों में उड़स कर उठी, "हमेशा आदमी को अपने हमसायों (पड़ोसियों) का ख़याल रखना चाहिए।"

त्रिलोचन खामोश रहा। मोज़ेल ने उठ कर उसकी दाढ़ी को अपनी पाँचों उँगलियों से छेड़ा, "क्या उसी ने तुम्हें बाल बढ़ाने का मशवरा दिया है?"

"नहीं।"

त्रिलोचन बड़ी उलझन महसूस कर रहा था जैसे कंघा करते-करते उसकी दाढ़ी के बाल आपस में उलझ गये हैं। जब उसने 'नहीं' कहा तो उसके लहजे में तीखापन था।

मोज़ेल के होंटों पर लिपस्टिक बासी गोश्त की तरह मालूम होती थी। वह मुस्करायी तो त्रिलोचन ने ऐसा महसूस किया कि उसके गाँव में झटके की दुकान पर कसाई ने छुरी से मोटी रग के गोश्त के दो टुकड़े कर दिये हैं।

मुस्कराने के बाद वह हँसी, "तुम अब यह दाढ़ी मुँडवा डालो तो किसी की भी क़सम ले लो, मैं तुमसे शादी कर लूँगी।"

त्रिलोचन के जी में आया कि उससे कहे कि वह एक बड़ी शरीफ़, शीलवान और निर्मल हृदय कुँवारी लड़की से मुहब्बत कर रहा है और उसी से शादी करेगा। मोज़ेल उसके मुक़ाबले में फ़ाहशा है, बदसूरत है, बेवफ़ा है, बेमुरव्वत है। मगर वह इस क़िस्म का घटिया आदमी नहीं था। उसने मोज़ेल से सिर्फ़ इतना कहा—"मोज़ेल! मैं अपनी शादी का फ़ैसला कर चुका हूँ। मेरे गाँव की सीधी-सादी लड़की है, जो मज़हब की पाबन्द है। उसी के लिए मैंने बाल बढ़ाने का फ़ैसला कर लिया है।"

मोज़ेल सोच-विचार की आदी नहीं थी, लेकिन उसने कुछ देर सोचा और खड़ाऊँ पर आधी गोलाई में घूम कर त्रिलोचन से कहा—"वह मज़हब की पाबन्द है तो तुम्हें कैसे क़बूल करेगी? क्या उसे मालूम नहीं कि तुम एक दफ़ा अपने बाल कटवा चुके हो?"

"उसको अभी मालूम नहीं—दाढ़ी मैंने तुम्हारे देवलाली जाने के बाद ही बढ़ानी शुरू कर दी थी। सिर्फ़ बदले के तौर पर—इसके बाद मेरी किरपाल कौर से मुलाक़ात हुई। मगर मैं पगड़ी इस तरीके से बाँधता हूँ कि सौ में एक ही आदमी मुश्किल से जान सकता है कि मेरे केश कटे हुए हैं—मगर ये अब बहुत जल्द ठीक हो जायेंगे।" त्रिलोचन ने अपने लम्बे मुलायम बालों में उँगलियों से कंघी करना शुरू की।

मोज़ेल ने लम्बा कुर्ता उठा कर अपनी गोरी मोटी रान खुजलानी शुरू की, "यह बहुत अच्छा है—मगर ये कम्बख़्त मच्छर यहाँ मौजूद हैं। देखो, किस ज़ोर से काटा है।"

त्रिलोचन ने दूसरी तरफ़ देखना शुरू कर दिया। मोज़ेल ने उस जगह, जहाँ मच्छर ने काटा था, उँगली से लब लगायी और कुर्ता छोड़ कर सीधी खड़ी हो गयी—"कब हो रही है तुम्हारी शादी?"

"अभी कुछ पता नहीं।" यह कह कर त्रिलोचन फ़िक्र में डूब गया।

चन्द लम्हों तक ख़ामोशी रही। इसके बाद मोज़ेल ने उसकी चिन्ता का अन्दाज़ा लगा कर उससे बड़े गम्भीर अन्दाज़ में पूछा—"त्रिलोचन! तुम क्या सोच रहे हो?"

त्रिलोचन को इस वक़्त किसी हमदर्द की ज़रूरत थी, भले ही वह मोज़ेल ही क्यों न हो। चुनांचे उसने उसको सारा हाल सुना दिया। मोज़ेल हँसी—"तुम अव्वल दर्जे के ईडियट हो—जाओ, उसको ले आओ। ऐसी क्या मुश्किल है?"

"मुश्किल!—मोज़ेल, तुम इस मामले की नज़ाकत को कभी नहीं समझ सकतीं—किसी भी मामले की नज़ाकत—तुम एक ग़ैर-ज़िम्मेदार क़िस्म की लड़की हो—यही वजह है कि मेरे और तुम्हारे ताल्लुक़ात क़ायम नहीं रह सके, जिसक मुझे सारी उम्र अफ़सोस रहेगा।"

मोज़ेल ने ज़ोर से अपनी खड़ाऊँ पानी के नल के साथ मारी—"अफ़सोस बी डैम्ड—सिली ईडियट—तुम यह सोचो कि तुम्हारी उस—क्या नाम है उसका—उसे मुहल्ले से बचा कर लाना कैसे है—तुम बैठ गये हो ताल्लुक़ात का रोना रोने—तुम्हारे-मेरे ताल्लुक़ात भी क़ायम नहीं रह सकते थे—तुम एक सिली क़िस्म के आदमी हो और बहुत डरपोक—मुझे निडर मर्द चाहिए—लेकिन छोड़ो इन बातों को—चलो, आओ तुम्हारी उस कौर को ले आयें।"

उसने त्रिलोचन का बाज़ू पकड़ लिया—त्रिलोचन ने घबराहट में उससे पूछा, "कहाँ से?"

"वहीं से, जहाँ वह है। मैं उस मुहल्ले की एक-एक ईंट को जानती हूँ—चलो, आओ मेरे साथ।"

"मगर सुनो तो, कर्फ़्यू है।"

"मोज़ेल के लिए नहीं—चलो आओ।"

वह त्रिलोचन को बाज़ू से पकड़ कर खींचती उस दरवाज़े तक ले गयी थी, जो

नीचे सीढ़ियों की तरफ़ खुलता था। दरवाज़ा खोल कर वह उतरने वाली थी कि रुक गयी। त्रिलोचन की दाढ़ी की तरफ़ देखने लगी।

त्रिलोचन ने कहा, "क्या बात है?"

मोज़ेल ने कहा, "यह तुम्हारी दाढ़ी—लेकिन ख़ैर, ठीक है। इतनी बढ़ी नहीं है। नंगे सिर चलोगे तो कोई नहीं समझेगा कि तुम सिख हो।"

"नंगे सिर," त्रिलोचन ने किसी क़दर बौखला कर कहा, "मैं नंगे सिर नहीं जाऊँगा।"

मोज़ेल ने बड़े मासूम अन्दाज़ में पूछा, "क्यों?"

त्रिलोचन ने अपने बालों की एक लट ठीक की, "तुम समझती नहीं हो। मेरा वहाँ पगड़ी के बग़ैर जाना ठीक नहीं।"

"क्यों ठीक नहीं?"

"तुम समझती क्यों नहीं हो कि उसने मुझे अभी तक नंगे सिर नहीं देखा—वह यही समझती है कि मेरे केश हैं। मैं उस पर यह भेद खोलना नहीं चाहता।"

मोज़ेल ने ज़ोर से अपनी खड़ाऊँ दरवाज़े की दहलीज़ पर मारी, "तुम वाक़ई अव्वल दर्जे के ईडियट हो—गधे कहीं के—उसकी जान का सवाल है—क्या नाम है तुम्हारी उस कौर का, जिससे तुम मुहब्बत करते हो?"

त्रिलोचन ने उसे समझाने की कोशिश की, "मोज़ेल, वह बड़ी मज़हबी क़िस्म की लड़की है—अगर उसने मुझे नंगे सिर देख लिया तो मुझसे नफ़रत करने लगेगी।"

मोज़ेल चिढ़ गयी, "ओह, तुम्हारी मुहब्बत बी डैम्ड। मैं पूछती हूँ, क्या सारे सिख तुम्हारी तरह बेवकूफ़ होते हैं—उसकी जान का ख़तरा है और तुम कहते हो कि पगड़ी ज़रूर पहनोगे और शायद वह अपना अण्डरवीयर भी, जो नेकर से मिलता-जुलता है।"

त्रिलोचन ने कहा, "वह तो मैं हर वक़्त पहने रहता हूँ।"

"बहुत अच्छा करते हो—मगर अब तुम यह सोचो कि मामला उस मुहल्ले का है जहाँ मियाँ भाई ही मियाँ भाई रहते हैं और वे भी बड़े-बड़े दादा, बड़े-बड़े मवाली। तुम पगड़ी पहन कर गये तो वहीं क़त्ल कर दिये जाओगे।"

त्रिलोचन ने संक्षिप्त-सा जवाब दिया, "मुझे इसकी परवाह नहीं—अगर मैं तुम्हारे साथ वहाँ जाऊँगा तो पगड़ी पहन कर जाऊँगा—मैं अपनी मुहब्बत ख़तरे में नहीं डालना चाहता।"

मोज़ेल झुँझला गयी। इस ज़ोर से उसने पेचो-ताब खाये कि उसकी छातियाँ आपस में भिड़-भिड़ गयीं—"गधे—तुम्हारी मुहब्बत ही कहाँ रहेगी, जब तुम न होगे—तुम्हारी वह—क्या नाम है उस लड़की का—जब वह भी न रहेगी। उसका ख़ानदान तक न रहेगा—तुम सिख हो—ख़ुदा की क़सम, तुम सिख हो और बड़े ईडियट सिख हो!"

त्रिलोचन भन्ना गया—"बकवास न करो!"

मोज़ेल ज़ोर से हँसी। महीन-महीन बालों के गुबार से अटी हुई बाँहें उसने त्रिलोचन के गले में डाल दीं और थोड़ा-सा झूल कर कहा—"डार्लिंग, चलो जैसे तुम्हारी मर्ज़ी—जाओ, पगड़ी पहन आओ। मैं नीचे बाज़ार में खड़ी हूँ।"

यह कह कर वह नीचे जाने लगी। त्रिलोचन ने उसे रोका, "तुम कपड़े नहीं पहनोगी?"

मोज़ेल ने अपने सिर को झटका दिया, "नहीं—चलेगा इसी तरह।"

यह कह कर वह खट-खट नीचे उतर गयी। त्रिलोचन निचली मंजिल की सीढ़ियों पर भी उसकी खड़ाऊँ की तेज़ आवाज़ सुनता रहा, फिर उसने अपने लम्बे बाल उँगलियों से पीछे की तरफ़ समेटे और नीचे उतर कर अपने फ़्लैट में चला गया। जल्दी-जल्दी कपड़े बदले। पगड़ी बँधी-बँधायी रखी थी। उसे अच्छी तरह सिर पर जमाया और फ़्लैट के दरवाज़े में ताला लगा कर नीचे उतर गया।

बाहर फ़ुटपाथ पर मोज़ेल अपनी तगड़ी टाँगें चौड़ी किये सिगरेट पी रही थी, बिलकुल मरदाना अन्दाज़ में। जब त्रिलोचन उसके नज़दीक पहुँचा तो उसने शरारत के तौर पर मुँह भर कर धुआँ उसके चेहरे पर दे मारा। त्रिलोचन ने गुस्से में कहा—"तुम बहुत ज़लील हो।"

मोज़ेल मुस्करायी—"यह तुमने कोई नयी बात नहीं कही। इससे पहले कई और मुझे ज़लील कर चुके हैं।" फिर उसने त्रिलोचन की पगड़ी की तरफ़ देखा, "यह पगड़ी वाक़ई तुमने बहुत अच्छी तरह बाँधी है। ऐसा मालूम होता है, तुम्हारे केश हैं।"

बाज़ार बिलकुल सुनसान था—सिर्फ़ हवा चल रही थी और वह भी बहुत धीरे-धीरे, जैसे कर्फ़्यू से ख़ौफ़ज़दा है। बत्तियाँ रोशन थीं, मगर उनकी रोशनी बीमार मालूम होती थी, आम तौर पर इस वक़्त ट्रामें चलनी शुरू हो जाती थीं और लोगों की आवाजाही भी जारी हो जाती थी। अच्छी-ख़ासी गहमा-गहमी होती थी, पर अब ऐसा मालूम होता था कि सड़क पर कोई इन्सान न गुज़रेगा। मोज़ेल आगे-आगे थी। फ़ुटपाथ के पत्थरों पर उसकी खड़ाऊँ खट-खट कर रही थी। यह आवाज़ उस शान्त वातावरण में एक बहुत बड़ा शोर थी। त्रिलोचन मन-ही-मन में मोज़ेल को बुरा-भला कह रहा था कि दो मिनट में और कुछ नहीं तो अपनी वाहियात खड़ाऊँ ही उतार कर कोई दूसरी चीज़ पहन सकती थी। उसने चाहा कि मोज़ेल से कहे, खड़ाऊँ उतार दो और नंगे पाँव चलो, मगर उसको यक़ीन था कि वह कभी नहीं मानेगी, इसलिये, इसलिये ख़ामोश रहा।

त्रिलोचन बुरी तरह डरा हुआ था। कोई पत्ता खड़कता तो उसका दिल धक् से रह जाता था, मगर मोज़ेल बिलकुल निडर चली जा रही थी। सिगरेट का धुआँ उड़ाती, जैसे वह बड़ी बेफ़िक्री से चहलक़दमी कर रही है।

चौक में पहुँचे तो पुलिसमैन की आवाज़ गूँजी—"ऐ—किधर जा रहा है?"

त्रिलोचन सहम गया। मोज़ेल आगे बढ़ी और पुलिसमैन के पास पहुँच गयी और बालों को एक हल्का-सा झटका दे कर कहा, "ओह, तुम–तुम हमको पहचाना नहीं–तुमने–मोज़ेल–!" फिर उसने एक गली की तरफ़ इशारा किया–"इधर इस बाज़ू हमारा बहन रहता है। उसकी तबीयत ख़राब है। डॉक्टर ले कर जा रहा है।"

सिपाही उसको पहचानने की कोशिश कर रहा था कि उसने ख़ुदा मालूम कहाँ से सिगरेट की डिबिया निकाली और सिगरेट निकाल कर उसको दिया–"लो, पिओ।"

सिपाही ने सिगरेट ले लिया। मोज़ेल ने अपने मुँह से सुलगा हुआ सिगरेट निकाला और उससे कहा–"हियर इज़ लाइट।"

सिपाही ने सिगरेट का एक कश लिया। मोज़ेल ने दाहिनी आँख उसको और बायीं आँख त्रिलोचन को मारी और खट-खट करती उस गली की तरफ़ चल दी, जिसमें से गुज़र कर उन्हें मुहल्ले में जाना था।

त्रिलोचन ख़ामोश था, मगर वह महसूस कर रहा था कि मोज़ेल कर्फ़्यू के विरुद्ध कार्य करके एक अजीबो-ग़रीब क़िस्म की प्रसन्नता महसूस कर रही है–ख़तरों से खेलना उसे पसन्द था। वह जब जुहू पर उसके साथ जाती थी तो उसके लिए एक मुसीबत बन जाती थी। समुद्र की लहरों से टकराती, भिड़ती वह दूर तक निकल जाती थी और उसको हमेशा इस बात का धड़का रहता था कि कहीं वह डूब जाये। जब वापस आती तो उसका जिस्म नीलों और ज़ख़्मों से भरा होता था, मगर उसे इनकी कोई परवाह नहीं होती थी।

मोज़ेल आगे-आगे थी। त्रिलोचन उसके पीछे-पीछे डर-डर कर इधर-उधर देखता रहता था कि उसकी बग़ल में से कोई छुरीमार नमूदार न हो जाये। मोज़ेल रुक गयी। जब त्रिलोचन पास आया तो उसने समझाने के अन्दाज़ में उससे कहा, "त्रिलोचन डियर–इस तरह डरना अच्छा नहीं–तुम डरोगे तो ज़रूर कुछ-न-कुछ हो कर रहेगा–सच कहती हूँ। यह मेरी आज़मायी हुई बात है।"

त्रिलोचन ख़ामोश रहा।

जब वे गली तय करके दूसरी गली में पहुँचे जो उस मुहल्ले की तरफ़ निकलती थी जिसमें किरपाल कौर रहती थी तो मोज़ेल चलते-चलते एकदम रुक गयी–कुछ फ़ासले पर बड़े इत्मीनान से एक मारवाड़ी की दुकान लूटी जा रही थी। एक क्षण के लिए उसने मामले का निरीक्षण किया और त्रिलोचन से कहा, "कोई बात नहीं, चले आओ।"

दोनों चलने लगे–एक आदमी, जो सिर पर बड़ी परात उठाये चला आ रहा था, त्रिलोचन से टकरा गया। परात गिर गयी। उस आदमी ने ग़ौर से त्रिलोचन की तरफ़ देखा, साफ़ मालूम होता था कि वह सिख है। उस आदमी ने जल्दी से अपने नेफ़े में हाथ डाला कि मोज़ेल आ गयी। लड़खड़ाती हुई, जैसे नशे में चूर है। उसने ज़ोर

से उस आदमी को धक्का दिया और नशा-भरे लहजे में कहा—"अय, क्या करता है—अपने भाई को मारता है—हम इससे शादी बनाने को माँगता है।" फिर वह त्रिलोचन से मुख़ातिब हुई, "करीम, उठाओ यह परात और रख दो इसके सिर पर।"

उस आदमी ने नेफ़े से हाथ निकाल लिया और कामुक आँखों से मोज़ेल की तरफ़ देखा, फिर आगे बढ़ कर अपनी कुहनी से उसकी छातियों में ठहोका दिया, "ऐश कर साली—ऐश कर।" फिर उसने परात उठायी और यह जा, वह जा।

त्रिलोचन बड़बड़ाया, "कैसी ज़लील हरकत की है हरामज़ादे ने।"

मोज़ेल ने अपनी छातियों पर हाथ फेरा, "कोई ज़लील हरकत नहीं, सब चलता है...आओ।"

और वह तेज़ चलने लगी—त्रिलोचन ने भी अपने क़दम तेज़ कर दिये।

यह गली तय करके दोनों उस मुहल्ले में पहुँच गये जहाँ किरपाल कौर रहती थी। मोज़ेल ने पूछा, "किस गली में जाना है?" त्रिलोचन ने आहिस्ता से कहा, "तीसरी गली में—नुक्कड़ वाली बिल्डिंग।"

मोज़ेल ने उस तरफ़ चलना शुरू कर दिया। यह रास्ता बिलकुल ख़ामोश था। आस-पास इतनी घनी आबादी थी, मगर किसी बच्चे के रोने तक की आवाज़ सुनाई नहीं देती थी।

जब वे उस गली के क़रीब पहुँचे तो कुछ गड़बड़ दिखायी दी—एक आदमी बड़ी तेज़ी से उस किनारे वाली बिल्डिंग से निकला और दूसरे किनारे वाली बिल्डिंग में घुस गया। इस बिल्डिंग से थोड़ी देर बाद तीन आदमी निकले। फ़ुटपाथ पर उन्होंने इधर-उधर देखा और बड़ी फुर्ती से दूसरी बिल्डिंग में चले गये। मोज़ेल ठिठक गयी। उसने त्रिलोचन को इशारा किया कि अँधेरे में हो जाये। फिर हौले से कहा, "त्रिलोचन डियर, यह पगड़ी उतार दो।"

त्रिलोचन ने जवाब दिया, "मैं यह किसी सूरत में भी नहीं उतार सकता।"

मोज़ेल झुँझला गयी—"तुम्हारी मर्ज़ी—लेकिन तुम देखते नहीं, सामने क्या हो रहा है।"

सामने जो कुछ हो रहा था, दोनों की आँखों के सामने था।—साफ़ गड़बड़ हो रही थी और बड़ी रहस्यपूर्ण ढंग की। दायें हाथ की बिल्डिंग से जब दो आदमी अपनी पीठ पर बोरियाँ उठाये निकले तो मोज़ेल सारी-की-सारी काँप गयी। उनमें से कुछ गाढ़ा-गाढ़ा तरल पदार्थ टपक रहा था। मोज़ेल अपने होंट काटने लगी। शायद वह सोच रही थी। जब ये दोनों आदमी गली के सिरे पर पहुँच कर ग़ायब हो गये तो उसने त्रिलोचन से कहा, "देखो, ऐसा करो—मैं भाग कर नुक्कड़ वाली बिल्डिंग में जाती हूँ। मेरे पीछे आना। बड़ी तेज़ी से, जैसे तुम मेरा पीछा कर रहे हो। समझे? मगर यह सब एकदम जल्दी-जल्दी में हो।"

मोज़ेल ने त्रिलोचन के जवाब का इन्तज़ार न किया और नुक्कड़ वाली बिल्डिंग

की तरफ़ खड़ाऊँ खटखटाती बड़ी तेज़ी से भागी। त्रिलोचन भी उसके पीछे दौड़ा। कुछ क्षणों में ही वे बिल्डिंग के अन्दर थे। सीढ़ियों के पास त्रिलोचन हाँफ रहा था, मगर मोज़ेल बिलकुल ठीक-ठाक थी। उसने त्रिलोचन से पूछा, "कौन-सा माला?"

त्रिलोचन ने अपने ख़ुश्क होंटों पर ज़बान फेरी, "दूसरा।"

"चलो।"

यह कह कर खट-खट सीढ़ियाँ चढ़ने लगी। त्रिलोचन उसके पीछे हो लिया। ज़ीनों पर ख़ून के बड़े-बड़े धब्बे पड़े थे। उनको देख-देख कर उसका ख़ून ख़ुश्क हो रहा था।

दूसरे माले पर पहुँचे तो कॉरीडोर में कुछ दूर जा कर त्रिलोचन ने हौले से एक दरवाज़े पर दस्तक दी और दरवाज़े के साथ मुँह लगा कर आवाज़ दी, "महँगासिंह जी—महँगासिंह जी।"

अन्दर से महीन आवाज़ आयी—"कौन?"

"त्रिलोचन।"

दरवाज़ा धीरे से खुला—त्रिलोचन ने मोज़ेल को इशारा किया। वह लपक कर आयी। दोनों अन्दर दाख़िल हुए। मोज़ेल ने अपनी बग़ल में एक दुबली-पतली लड़की को देखा—जो बेहद सहमी हुई थी। मोज़ेल ने उसको एक क्षण के लिए ग़ौर से देखा। पतले-पतले नक़्श थे। नाक बहुत प्यारी थी, मगर जुकाम से लाल। मोज़ेल ने उसे अपने चौड़े-चकले सीने के साथ लगा लिया और अपने ढीले-ढाले कुर्ते का दामन उठा कर उसकी नाक पोंछी।

त्रिलोचन सुर्ख़ हो गया।

मोज़ेल ने किरपाल कौर से बड़े प्यार के साथ कहा—"डरो नहीं, त्रिलोचन तुम्हें लेने आया है।"

किरपाल कौर ने त्रिलोचन की तरफ़ अपनी सहमी हुई आँखों से देखा और मोज़ेल से अलग हो गयी।

त्रिलोचन ने उससे कहा, "सरदार साहब से कहो कि जल्दी तैयार हो जायें—और—और माताजी से भी—लेकिन जल्दी करो।"

इतने में ऊपर की मंज़िल पर बुलन्द आवाज़ें आने लगीं, जैसे कोई चीख़-चिल्ला रहा है और धींगामुश्ती हो रही है।

किरपाल कौर के हलक़ से दबी हुई चीख़ बुलन्द हुई, "उसे पकड़ लिया उन्होंने।"

त्रिलोचन ने पूछा, "किसे?"

किरपाल कौर जवाब देने वाली थी कि मोज़ेल ने उसको बाजू से पकड़ा और घसीटकर एक कोनें में ले गयी, "पकड़ लिया तो अच्छा हुआ—तुम ये कपड़े उतार दो।"

किरपाल कौर अभी कुछ सोच भी न पायी थी कि मोज़ेल ने तुरन्त उसकी कमीज़ उतार कर एक तरफ़ रख दी। किरपाल कौर ने अपनी नंगी बाँहों में अपने नंगे जिस्म को छुपा लिया और बेहद डर गयी। त्रिलोचन ने मुँह दूसरी तरफ़ मोड़ लिया। मोज़ेल ने अपना ढीला-ढाला कुर्ता उतार कर उसे पहना दिया। ख़ुद वह नंग-धड़ंग थी। जल्दी-जल्दी उसने किरपाल कौर का इज़ारबन्द ढीला किया और सलवार उतार कर त्रिलोचन से कहने लगी, "जाओ, इसे ले जाओ—लेकिन ठहरो।"

यह कह कर उसने किरपाल कौर के बाल खोल दिये और उससे कहा, "जाओ, जल्दी निकल जाओ।"

त्रिलोचन ने उससे कहा, "आओ।" मगर फ़ौरन ही रुक गया। पलट कर उसने मोज़ेल की तरफ़ देखा, जो धुली हुई आँखों की तरह नंगी खड़ी थी। उसकी बाँहों पर महीन-महीन बाल सर्दी के कारण जागे हुए थे।

"तुम जाते क्यों नहीं हो?" मोज़ेल के लहजे में चिड़चिड़ापन था।

त्रिलोचन ने आहिस्ता से कहा, "उसके माँ-बाप भी तो हैं।"

"जहन्नुम में जायें वे—तुम उसे ले जाओ।"

"और तुम?"

"मैं आ जाऊँगी।"

एकदम ऊपर की मंज़िल से कई आदमी धड़-धड़ नीचे उतरने लगे। दरवाज़े के पास आ कर उन्होंने कूटना शुरू कर दिया, जैसे वे इसे तोड़ ही डालेंगे।

किरपाल कौर की अन्धी माँ और उसका फ़ालिज-ज़दा बाप दूसरे कमरे में पड़े कराह रहे थे।

मोज़ेल ने कुछ सोचा और बालों को हल्का-सा झटका दे कर उसने त्रिलोचन से कहा, "सुनो, सिर्फ़ एक ही तरकीब मेरी समझ में आती है। मैं दरवाज़ा खोलती हूँ।"

किरपाल कौर के ख़ुश्क हलक़ से चीख़ निकलती-निकलती दब गयी—"दरवाज़ा!"

मोज़ेल त्रिलोचन से मुख़ातिब रही, "मैं दरवाज़ा खोल कर बाहर निकलती हूँ—तुम मेरे पीछे भागना—मैं ऊपर चढ़ जाऊँगी—तुम भी ऊपर चले आना—ये लोग जो दरवाज़ा तोड़ रहे हैं, सब भूल जायेंगे और हमारे पीछे चले आयेंगे।"

त्रिलोचन ने फिर पूछा—"फिर?"

मोज़ेल ने कहा, "यह तुम्हारी—क्या नाम है इसका—मौक़ा पा कर निकल जाये। इस लिबास में इसे कोई कुछ न कहेगा।"

त्रिलोचन ने जल्दी-जल्दी किरपाल कौर को सारी बात समझा दी। मोज़ेल ज़ोर से चिल्लायी। दरवाज़ा खोला और धड़ाम से बाहर के लोगों पर गिरी—सब लोग बौखला गये। उठ कर उसने ऊपर की सीढ़ियों का रुख़ किया। त्रिलोचन उसके पीछे भागा। सब एक तरफ़ हट गये।

मोज़ेल अन्धाधुन्ध सीढ़ियाँ चढ़ रही थी—खड़ाऊँ उसके पैरों में थीं—वे लोग जो दरवाज़ा तोड़ने की कोशिश कर रहे थे, सँभल कर उनका पीछा करने दौड़े। मोज़ेल का पाँव फिसला—ऊपर के ज़ीने से वह कुछ इस तरह लुढ़की कि हर पथरीले ज़ीने के साथ टकराती, लोहे के जँगले के साथ उलझती वह नीचे आ रही—पथरीले फ़र्श पर।

त्रिलोचन एकदम नीचे उतरा। झुक कर उसने देखा तो उसकी नाक से ख़ून बह रहा था, मुँह से ख़ून बह रहा था, कानों के रास्ते भी ख़ून निकल रहा था। जो दरवाज़ा तोड़ने आये थे, इर्द-गिर्द जमा हो गये—किसी ने भी न पूछा, क्या हुआ है। सब ख़ामोश के और मोज़ेल के नंगे और गौरे जिस्म को देख रहे थे, जिस पर जगह-जगह ख़राशें पड़ी थीं।

त्रिलोचन ने उसका बाज़ू हिलाया और आवाज़ दी—"मोज़ेल-मोज़ेल!"

मोज़ेल ने अपनी बड़ी-बड़ी यहूदी आँखें खोलीं, जो लाल मोटी हो रही थीं और मुस्करायी।

त्रिलोचन ने अपनी पगड़ी उतारी और खोल कर उसका नंगा जिस्म ढक दिया। मोज़ेल फिर मुस्करायी और आँख मारकर उसने त्रिलोचन के मुँह पर ख़ून के बुलबुले उड़ाते हुए कहा, "जाओ देखो—मेरा अण्डरवीयर वहाँ है कि नहीं—मेरा मतलब है, वह...।"

त्रिलोचन इसका मतलब समझ गया, मगर उसने उठना न चाहा। इस पर मोज़ेल ने गुस्से से कहा, "तुम सचमुच सिख हो—जाओ, देख कर आओ।"

त्रिलोचन उठ कर किरपाल कौर के फ़्लैट की तरफ़ चला गया। मोज़ेल ने अपनी धुँधली आँखों से आस-पास खड़े मर्दों की तरफ़ देखा और कहा, "यह मियाँ माई है—लेकिन बहुत दादा किस्म का—मैं इसे सिख कहा करती हूँ।"

त्रिलोचन वापस आ गया। उसने आँखों-ही-आँखों में मोज़ेल को बता दिया कि किरपाल कौर जा चुकी है—मोज़ेल ने इत्मीनान का साँस लिया—लेकिन ऐसा करने से बहुत-सा ख़ून उसके मुँह से बह निकला—"ओह डैम इट—!" यह कह कर उसने अपनी महीन-महीन बालों से अटी हुई कलाई से अपना मुँह पोंछा और त्रिलोचन से मुख़ातिब हुई—"ऑल राइट डार्लिंग—बाई-बाई।"

त्रिलोचन ने कुछ कहना चाहा, मगर शब्द उसके हलक में अटक गये।

मोज़ेल ने अपने बदन पर से त्रिलोचन की पगड़ी हटायी, "ले जाओ इसको—अपने इस मज़हब को।" और उसका बाज़ू उसकी मज़बूत छातियों पर बेजान हो कर गिर पड़ा।

आँखें

उसके सारे शरीर में मुझे उसकी आँखें बहुत पसन्द थीं। ये आँखें बिलकुल ऐसी थीं जैसे अँधेरी रात में कार की हेडलाइटें जिनको आदमी सबसे पहले देखता है। आप यह मत समझिएगा कि वे बहुत ख़ूबसूरत आँखें थीं। हरगिज़ नहीं। मैं ख़ूबसूरती और बदसूरती मैं तमीज़ कर सकता हूँ, लेकिन माफ़ कीजिएगा, उन आँखों के बारे में तो मैं सिर्फ़ इतना ही कह सकता हूँ कि वे सुन्दर नहीं थीं, लेकिन इसके बावजूद उनमें बेपनाह कशिश थी।

मेरी और उन आँखों की भेंट एक अस्पताल में हुई। इस अस्पताल का नाम आपको बताना नहीं चाहता, इसलिए कि इससे मेरी कहानी को लाभ नहीं होने वाला।

बस, आप यही समझ लीजिए कि एक अस्पताल था, जिसमें मेरा एक अज़ीज़ ऑपरेशन कराने के बाद अपनी ज़िन्दगी की आख़िरी साँसें ले रहा था।

यों तो मैं तीमारदारी का क़ायल नहीं। रोगियों के पास जा कर उन्हें दम-दिलासा देना भी मुझे नहीं आता। लेकिन अपनी बीवी के लगातार कोंचने पर मुझे जाना पड़ा, ताकि मरने वाले उस अज़ीज़ को अपनी भावना और प्यार का सबूत दे सकूँ।

यक़ीन मानिये मुझे सख़्त कोफ़्त हो रही थी। अस्पताल के नाम से ही मुझे नफ़रत है, पता नहीं क्यों। शायद इसीलिए कि एक बार बम्बई में अपनी बूढ़ी पड़ोसन को, जिसकी कलाई में मोच आ गयी थी, मुझे जे.जे. अस्पताल ले जाना पड़ा था। वहाँ कैज्युल्टी विभाग में मुझे कम-से-कम ढाई घण्टे इन्तज़ार करना पड़ा था। वहाँ मैं जिस भी आदमी से मिला, वह लोहे की तरह ठण्डा और बेहिस था।

मैं उन आँखों का ज़िक्र कर रहा हूँ जो मुझे बेहद पसन्द थीं।

पसन्द का मामला तो ज़ानी दिलचस्पी पर निर्भर करता है। मुमकिन है अगर आप वे आँखें देखते तो आपके दिलो-दिमाग़ में कोई हलचल न पैदा होती। यह भी मुमकिन है कि आप से अगर उनके बारे में राय माँगी जाती तो आप कह देते निहायत वाहियात आँखें हैं, लेकिन जब मैंने उस लड़की को देखा, मेरा ध्यान उसकी आँखों ने अपनी तरफ़ खींचा।

वह बुर्क़ा पहने हुए थी, मगर नक़ाब उठा हुआ था। उसके हाथ में दवा की एक

बोतल थी, और वह जनरल वॉर्ड के बरामदे में एक छोटे-से लड़के के साथ चली आ रही थी।

मैंने उसकी तरफ़ देखा तो उसकी आँखों में, जो बड़ी थीं न छोटी, काली थीं न भूरी, नीली थीं न हरी, एक अजीब क़िस्म की चमक पैदा हुई। मेरे क़दम रुक गये। वह भी ठहर गयी। उसने अपने साथी लड़के का हाथ पकड़ा और बौखलाई हुई आवाज़ में कहा, ''तुम से चला नहीं जाता।''

लड़के ने अपनी कलाई छुड़ायी और तेज़ी से कहा, "चल तो रहा हूँ, तू तो अन्धी है।"

मैंने यह सुना तो उस लड़की की आँखों की तरफ़ दोबारा देखा। उसके सारे व्यक्तित्व में सिर्फ़ उसकी आँखें ही थीं जो मुझे पसन्द आयी थीं।

मैं आगे बढ़ा और उसके पास पहुँच गया। उसने मुझे पलकें न झपकने वाली आँखों से देखा और पूछा, ''एक्स-रे कहाँ लिया जाता है।''

इत्तफ़ाक़ की बात है कि उन दिनों एक्स-रे विभाग में मेरा दोस्त काम कर रहा था, और मैं उसी से मिलने के लिए आया था। मैंने उस लड़की से कहा, "आओ, मैं तुम्हें वहाँ ले चलता हूँ, मैं भी उधर ही जा रहा हूँ।"

लड़की ने अपने साथी लड़के का हाथ पकड़ा और मेरे साथ चल पड़ी। मैंने डॉक्टर सादिक़ के बारे में पूछा तो पता चला कि वह एक्स-रे लेने में व्यस्त है।

दरवाज़ा बन्द था और बाहर मरीज़ों की भीड़ लगी थी। मैंने दरवाज़ा खटखटाया अन्दर से तेज़ और तीखी आवाज़ आयी, ''कौन है, दरवाज़ा मत ठोंको।''

लेकिन मैंने फिर दस्तक दी, दरवाज़ा खुला और डॉक्टर सादिक़ मुझे गाली देते-देते रह गया, "ओह—तुम हो।"

"हाँ भई—मैं तुमसे मिलने आया था। दफ़्तर में गया तो मालूम हुआ तुम यहाँ हो।"

"आ जाओ अन्दर।"

मैंने लड़की की तरफ़ देखा और कहा, "आओ—लेकिन लड़के को बाहर ही रहने दो।"

डॉक्टर सादिक़ ने धीरे से मुझ से पूछा, ''कौन है यह?''

मैंने जवाब दिया, ''पता नहीं, एक्स-रे डिपार्टमेण्ट का पता पूछ रही थी, कहा चलो मैं लिये चलता हूँ।''

डॉक्टर सादिक़ ने दरवाज़ा थोड़ा और खोल दिया, मैं और वह लड़की अन्दर दाख़िल हो गये।

चार-पाँच मरीज़ थे। डॉक्टर सादिक़ ने जल्दी-जल्दी उनकी स्क्रीनिंग की और उन्हें विदा किया। इसके बाद कमरे में सिर्फ़ हम दोनों रह गये—मैं और वह लड़की।

डॉक्टर सादिक़ ने मुझसे पूछा, "इन्हें क्या बीमारी है?"

मैंने उस लड़की से पूछा, "क्या बीमारी है तुम्हें? एक्स-रे के लिए तुम्हें किस डॉक्टर ने कहा था?"

अँधेरे कमरे में लड़की ने मेरी तरफ़ देखा और जवाब दिया, ''मुझे पता नहीं क्या बीमारी है—हमारे मोहल्ले में एक डॉक्टर है, उसने कहा था एक्स-रे करा लो।''

डॉक्टर सादिक़ ने उससे कहा कि मशीन की तरफ़ आये। वह आगे बढ़ी तो बहुत ज़ोर के साथ उससे टकरा गयी। डॉक्टर ने तेज़ लहज़े से उससे कहा—"क्या तुम्हें दिखायी नहीं देता।"

लड़की ख़ामोश रही। डॉक्टर ने उसका बुर्क़ा उतारा और स्क्रीन के पीछे खड़ा कर दिया। मैंने शीशे में देखा तो मुझे उसकी पसलियाँ नज़र आयीं। उसका दिल भी एक कोने में काले से धब्बे की शक्ल में धड़क रहा था।

डॉक्टर सादिक़ पाँच-छह मिनट तक उसकी पसलियों और हड्डियों को देखता रहा, उसके बाद उसने स्विच ऑफ़ कर दिया और बत्ती जला कर मुझसे कहा "छाती बिलकुल साफ़ है।"

लड़की ने पता नहीं क्या समझा कि अपनी छातियाँ पर जो काफ़ी बड़ी थीं, दुपट्टे को ठीक किया और बुर्क़ा ढूँढने लगी।

बुर्क़ा एक कोने में मेज़ पर पड़ा था। मैंने बढ़ कर उसे उठाया और उसको सौंप दिया। डॉक्टर ने रिपोर्ट लिखी और उससे पूछा—"तुम्हारा नाम क्या है?"

लड़की ने बुर्क़ा ओढ़ते हुए जवाब दिया, "जी मेरा नाम—मेरा नाम हनीफ़ा है।"

"हनीफ़ा!" डॉक्टर सादिक़ ने उसका नाम पर्ची पर लिखा और पर्ची उसे दे दी। "जाओ, यह अपने डॉक्टर को दिखा देना।"

लड़की ने पर्ची ली और कमीज़ के अन्दर अपनी अँगिया में खोंस ली।

जब वह बाहर निकली तो मैं अजाने तौर पर उसके पीछे-पीछे था, लेकिन मुझे इसका पूरा-पूरा एहसास था कि डॉक्टर सादिक़ ने मुझे शक की नज़रों से देखा था। उसे जहाँ तक मैं समझता हूँ, इस बात का यक़ीन था कि इस लड़की से मेरा कुछ ताल्लुक़ है। हालाँकि जैसा आप जानते हैं ऐसी कोई बात नहीं थी—सिवा इसके कि मुझे उसकी आँखें पसन्द आ गयी थीं।

मैं उसके पीछे-पीछे था। उसने अपने साथी लड़के की उँगली पकड़ी हुई थी। जब वह ताँगों के अड्डे पर पहुँची तो मैंने हनीफ़ा से पूछा, "तुम्हें कहाँ जाना है।"

उसने एक गली का नाम लिया तो मैंने उससे झूठ-मूठ ही कहा, "मुझे भी उधर ही जाना है—मैं तुम्हें तुम्हारे घर छोड़ दूँगा।"

मैंने जब उसका हाथ पकड़ कर ताँगे में बिठाया तो मुझे यों लगा कि मेरी आँखें जैसे एक्स-रे का शीशा बन गयीं। मुझे उसका गोश्त-पोश्त दिखायी नहीं देता था—सिर्फ़ ढाँचा नज़र आता था—लेकिन उसकी आँखें—वे बहुत ख़ूबसूरत थीं जिनमें बेपनाह कशिश थी।

मेरा जी चाहता था कि उसके साथ बैठूँ, लेकिन यह सोच कर कि कोई देख लेगा, मैंने उसके साथी लड़के को उसके साथ बिठा दिया और खुद अगली सीट पर बैठ गया।

ताँगा चला तो हनीफ़ा ने मुझ से पूछा, "तुम कौन हो?"

"मैं–मैं सआदत हसन मंटो हूँ।"

"मंटो–यह मंटो क्या हुआ।"

"कश्मीरियों की एक ज़ात है।"

"हम भी कश्मीरी हैं।"

"अच्छा?"

"हम किंग वाइस है।"

मैंने मुड़ कर उससे कहा, "यह तो बहुत ऊँची जात है।"

वह मुस्करायी और उसकी आँखें और ज़्यादा दिलफ़रेब हो गयीं।

मैंने अपनी ज़िन्दगी में बेशुमार ख़ूबसूरत आँखें देखीं थी। लेकिन जो आँखें हनीफ़ा के चेहरे पर थीं, बेहद मनमोहनी थीं, पता नहीं उनमें क्या चीज़ थी जो आकर्षण का कारण थी। मैं इससे पहले भी कह चुका हूँ कि वे ख़ूबसूरत तो क़तई नहीं थीं, लेकिन इसके बावजूद मेरे दिल में गहरे पैठ गयी थीं।

मैंने हिम्मत से काम लिया और उसके बालों की एक लट को जो उसके माथे पर लटक कर उसकी एक आँख को ढाँप रही थी, उँगली से उठाया और उसे ठीक से उसके जूड़े में फँसा दिया। उसने बुरा नहीं माना।

मैने थोड़ी और हिम्मत की और उसका हाथ अपने हाथ में ले लिया, उसने कोई विरोध नहीं किया, और अपने साथ लड़के से बोली, "तुम मेरा हाथ क्यों दबा रहे हो।"

मैने फ़ौरन उसका हाथ छोड़ दिया और लड़के से पूछा, "तुम्हारा मकान कहाँ है?"

लड़के ने हाथ का इशारा किया, "इस बाज़ार में!"

ताँगे ने उधर का रुख़ किया। बाज़ार में बहुत भीड़ थी। ट्रैफ़िक भी ज़रूरत से ज़्यादा था। ताँगा रुक-रुक कर चल रहा था। सड़क में चूँकि गड्ढे थे इसलिए बड़े ज़ोर के धचके लग रहे थे। बार-बार उसका सर मेरे कन्धों से टकराता और मेरा जी चाहता कि उसे अपने गोद में बिठा लूँ और उसकी आँखें देखता रहूँ।

थोड़ी देर बाद उनका घर आ गया। लड़के ने ताँगे वाले से रुकने के लिए कहा। जब ताँगा रुका तो वह नीचे उतरा, हनीफ़ा बैठी रही। मैंने उससे कहा, "तुम्हारा घर आ गया है।"

हनीफ़ा ने मुड़ कर मेरी तरफ़ अपनी अजीबो-ग़रीब आँखों से देखा, "बदरू कहाँ है?"

मैने उससे पूछा, "कौन बदरू?"

"वह लड़का जो मेरे साथ था।"

मैने लड़के की तरफ़ देखा जो ताँगे के पास ही खड़ा था। "यह खड़ा तो है।"

"अच्छा–!" यह कह कर उसने बदरू से कहा, "बदरू! मुझे उतार तो दो।"

बदरू ने उसका हाथ पकड़ा और बड़ी मुश्किल से नीचे उतारा। मैं सख़्त हैरान था। पिछली सीट पर बैठते हुए मैंने उस लड़के से पूछा "क्या बात है–यह ख़ुद नहीं उतर सकती?"

बदरू ने जवाब दिया "जी नहीं–इनकी आँखें ख़राब हैं–दिखायी नहीं देता।"

जाओ हनीफ़ जाओ

चौधरी गुलाम अब्बास के नये भाषण पर बातचीत हो रही थी—टी हाउस की फ़िज़ा वहाँ की चाय की तरह गर्म थी। सब इस बात पर सहमत थे, कि हम कश्मीर ले कर रहेंगे और यह कि फ़िलहाल डोगरा राज का ख़ात्मा हो जाना चाहिए।

सब-के-सब मुजाहिद थे। लड़ाई के फ़न से नावाक़िफ़ थे, मगर मैदान-ए-जंग में जाने के लिए सिर पर कफ़न बाँधे थे। उनका विचार था कि अगर अचानक हल्ला बोल दिया जाय तो चुटकियों में कश्मीर फ़तह हो जायगा। फिर डॉक्टर ग्राहमों की कोई ज़रूरत नहीं रहेगी, न यू.एन.ओ. में हर महीने गिड़गिड़ाना पड़ेगा।

इन मुजाहिदों में मैं भी था। मुसीबत यह है कि पण्डित जवाहर लाल नेहरू की तरह मैं भी कश्मीरी हूँ। इसलिए कश्मीर मेरी ज़बरदस्त कमज़ोरी है, इसलिए मैंने बाक़ी मुजाहिदों की हाँ-में-हाँ मिलायी। अन्त में यह तय हुआ कि जब लड़ाई शुरू हो तो हम सब इसमें शामिल हों और अगली क़तार में नज़र आयें।

हनीफ़ ने यों तो काफ़ी गर्मजोशी ज़ाहिर की, मगर मैंने महसूस किया कि वह कुछ अनमना-सा है। मैंने बहुत सोचा, मगर मुझे उसके अनमनेपन का कोई कारण नहीं सूझा।

चाय पी कर बाक़ी सब चले गये, लेकिन मैं और हनीफ़ बैठे रहे। अब टी हाउस क़रीब-क़रीब ख़ाली था—हमसे बहुत दूर एक कोने में दो लड़के बैठे नाश्ता कर रहे थे।

हनीफ़ को मैं बहुत दिनों से जानता था। मुझसे क़रीब-क़रीब दस वर्ष छोटा था। बी.ए. पास करने के बाद सोच रहा था कि उर्दू का एम.ए. करूँ या अंग्रेज़ी का। कभी-कभी उसके दिमाग़ पर यह सनक सवार हो जाती कि हटाओ जी पढ़ाई को। सैलानी बन जाओ।

मैंने हनीफ़ को ग़ौर से देखा। वह ऐश-ट्रे से माचिस की जली हुई तीलियाँ उठा-उठा कर उनके टुकड़े-टुकड़े कर रहा था। जैसे कि मैं पहले ही कह चुका हूँ, इस वक़्त भी उसके चेहरे पर वही मुर्दनी छायी हुई थी। मैंने सोचा, मौक़ा अच्छा है। चुनांचे मैंने उससे पूछा, "हनीफ़, तुम चुप क्यों हो?"

हनीफ़ ने अपना झुका हुआ सिर उठाया। माचिस की तीली के टुकड़े एक तरफ़ फेंके और जवाब दिया, "ऐसे ही।"

मैने सिगरेट सुलगाया। "ऐसे ही तो ठीक जवाब नहीं। हर चीज़ की कोई वजह ज़रूर होती है, तो शायद किसी बीती हुई घटना के बारे में सोच रहे हो।"

हनीफ़ ने स्वीकृति में सिर हिलाया, "हाँ।"

"और वह घटना कश्मीर से जुड़ी है।"

हनीफ़ चौंका, "आपने कैसे जाना।"

मैंने मुस्करा कर कहा, "शरलॉक होम्स मैं भी हूँ–अरे भई कश्मीर की बातें जो हो रही थीं–जब तुमने मान लिया कि सोच रहे हो–किसी बीती हुई घटना के बारे में सोच रहे हो तो मैं फ़ौरन इस नतीजे पर पहुँच गया कि इस बीती हुई बात का सम्बन्ध कश्मीर के अलावा और किसी जगह से नहीं हो सकता–क्या वहाँ किसी से इश्क़ हो गया था तुम्हें?"

"इश्क़?–पता नहीं–जाने क्या था, बहरहाल कुछ-न-कुछ हुआ ज़रूर था, जिसकी अब तक याद बाक़ी है।"

मेरी इच्छा थी कि मैं हनीफ़ से उसकी कहानी सुनूँ। "अगर कोई ख़ास वजह न हो तो क्या तुम मुझे बता सकते हो कि वह कुछ-न-कुछ क्या था?"

हनीफ़ ने मुझसे माँग कर सिगरेट सुलगाया और कहा, ''मंटो साहब, कोई ख़ास दिलचस्प बात नहीं–लेकिन अगर आप चुपचाप सुनते रहेंगे और मुझे टोकेंगे नहीं तो मैं आज से तीन बरस पहले जो हुआ आपको पूरे-का-पूरा बता दूँगा–मैं क़िस्सा गो नहीं हूँ–फिर भी मैं कोशिश करूँगा।''

मैंने वादा किया कि मैं सिलसिले को तोड़ूँगा नहीं। असल में वह अपने दिलो-दिमाग़ की गहराइयों में डूब कर अपनी कहानी सुनाना चाहता था।

हनीफ़ ने थोड़ी देर के बाद कहना शुरू किया, ''मंटो साहब, यह आज से दो बरस पहले की बात है, कि जब बँटवारा किसी के सानो-गुमान में भी नहीं था। गर्मियों का मौसम था। मेरी तबीयत उदास थी। न जाने क्यों–मेरा ख़याल है कि हर कुँआरा नौजवान इस तरह के मौसम में उदासी ज़रूर महसूस करता है–ख़ैर, मैंने एक रोज़ कश्मीर जाने का इरादा कर लिया। थोड़ा-सा सामान लिया और लारियों के अड्डे पर जा पहुँचा। टिकट लिया। लारी जब कुद पहुँची तो मेरा इरादा बदल गया। मैंने सोचा श्रीनगर में क्या धरा है, बीसियों बार देख चुका हूँ–अगले स्टेशन बटोत पर उतर जाऊँगा। सुना है, बहुत सेहत अफ़ज़ा मुकाम है। तपेदिक़ के मरीज़ यहाँ आते हैं और स्वस्थ हो कर लौट जाते हैं–इसीलिए मैं बटोत उतरा और वहाँ एक होटल में ठहर गया–होटल बस ऐसे ही वाजबी-सा था–बहरहाल ठीक था–मुझे बटोत पसन्द आ गया–सुबह चढ़ाई की तरफ़ सैर को निकल जाता, वापस आ कर शुद्ध मक्खन और डबल रोटी का नाश्ता करता और लेट कर किसी किताब को पढ़ने में व्यस्त हो जाता।

दिन उस सेहत-मन्द माहौल में बड़ी अच्छी तरह गुज़र रहे थे—आस-पास जितने दुकानदार थे, सब मेरे दोस्त बन गये थे। ख़ास तौर पर सरदार लहना सिंह जो दर्ज़ी का काम करता था। मैं उसकी दुकान पर घण्टों बैठा रहता था। इश्क़ और मुहब्बत के क़िस्से सुनने और सुनाने का उसे क़रीब-क़रीब ख़ब्त था। मशीन चलती रहती थी और वह इश्क़िया कहानी सुनता रहता था या सुनाता रहता था।

उसको बटोत की हर चीज़ की जानकारी थी। कौन किससे इश्क़ लड़ा रहा है। किस-किसकी आपस में खटपट हुई। कौन-कौन सी लौंडिया पर-पुर्ज़े निकाल रही है—ऐसी तमाम बातें उसकी जेब में ठुँसी रहती थीं।

शाम को मैं और वह उतराई की तरफ़ सैर को जाते थे और बानिहाल के दर्रे तक पहुँच कर आहिस्ता-आहिस्ता वापस चले आते थे। होटल से उतराई की तरफ़ पहले मोड़ पर सड़क के दायीं ओर मिट्टी के बने क्वार्टर थे—एक दिन मैंने सरदार जी से पूछा, क्या ये क्वार्टर रहने के लिए हैं। यह मैंने इसलिए पूछा था कि मुझे वे पसन्द आ गये थे—सरदार जी ने बताया कि हाँ रिहाइश के लिए ही हैं, आजकल इसमें सरगोधे के एक रेलवे बाबू ठहरे हैं। उनकी धर्मपत्नी बीमार हैं—मैं समझ गया कि दिक़ होगा—भगवान जाने मैं दिक़ से इतना क्यों डरता हूँ। उस दिन के बाद जब कभी मैं उधर से गुज़रा नाक और मुँह पर रूमाल रख कर गुज़रा। मैं क़िस्से को लम्बा नहीं करना चाहता। मुख़्तसर में इतना ही कि रेलवे बाबू (जिसका नाम कुन्दन लाल था) से मेरी दोस्ती हो गयी। मुझे लगा कि उसे अपनी बीमार बीवी की कोई परवाह नहीं, वह इस फ़र्ज़ को महज़ एक फ़र्ज़ समझ कर अदा कर रहा है। वह उसके पास बहुत कम जाता था, और दूसरे क्वार्टर में रहता था, जिसमें वह दिन में दो-तीन बार फ़िनाइल ज़रूर छिड़कता था—मरीज़ की देख-भाल उसकी छोटी बहन सुमित्री करती थी। दिन-रात यह लड़की जिसकी उम्र मुश्किल से चौदह बरस की होगी, अपनी बहन की तीमारदारी में लगी रहती थी।

मैंने सुमित्री को पहली बार मग्गू नाले पर देखा। मैले कपड़ों का बड़ा-सा अम्बार पास रखे वह नाले के पानी से शायद सलवार धो रही थी कि मैं पास से गुज़रा, आहट सुन कर वह चौंकी। मुझे देख कर उसने हाथ जोड़ कर नमस्ते की। मैंने उसका जवाब दिया और पूछा—तुम मुझे जानती हो। सुमित्री ने बारीक़ आवाज़ में कहा जी हाँ—आप बाबू जी के दोस्त हैं—मैंने ज़रा ध्यान से उस दुबली-पतली लड़की की तरफ़ देखा—मुझे ऐसा लगा कि बिपदा है जो सिकुड़ कर सुमित्री की शकल अख़्तियार कर गयी है। मेरा जी चाहता था कि उससे बात करूँ और कुछ कपड़े धो डालूँ, ताकि उसका कुछ बोझ हल्का हो जाय। मगर पहली भेंट में ऐसी बेतकल्लुफ़ी ठीक नहीं थी।

दूसरी मुलाक़ात भी इसी नाले पर हुई। वह कपड़ों पर साबुन लगा रही थी तो मैंने उसे नमस्ते की, और छोटी-छोटी बट्टियों के बिस्तर पर उसके पास बैठ गया,

और वह कितनी घबरायी, लेकिन जब बातें शुरू हुईं तो उसकी यह घबराहट दूर हो गयी और वह इतनी खुल गयी कि उसने मुझे अपने घर की सारी बातें बता दीं।

बाबू कुन्दल लाल से उसकी बड़ी बहन की शादी हुए पाँच बरस हो चले थे। पहले साल बाबू जी का सलूक़ अपनी बीवी से ठीक रहा। लेकिन जब रिश्वत के जुर्म पर वह नौकरी से निलम्बित हुआ तो उसने अपनी पत्नी का ज़ेवर बेचना चाहा—ज़ेवर बेच कर वह जुआ खेलना चाहता था कि रुपये दुगुने हो जायेंगे। बीवी मानी नही। नतीजा उसका यह हुआ कि उसने उसको मारना-पीटना शुरू कर दिया। सारा दिन एक अँधेरी तंग कोठरी में रखता और खाने को कुछ न देता। उसने महीनों ऐसा किया। आख़िर एक दिन तंग आ कर उसकी बीवी ने ज़ेवर उसको सौंप दिये। लेकिन ज़ेवर ले कर वह ऐसा ग़ायब हुआ कि छह महीने तक उसकी शक्ल नज़र नहीं आयी। इस बीच सुमित्री की बहन फ़ाकाकशी करती रही। वह अगर चाहती तो अपने मैके जा सकती थी। उसका बाप बहुत अमीर था और उसको बहुत प्यार करता था। मगर उसने उचित नहीं समझा। नतीजा उसका यह हुआ कि उसको दिक़ हो गया। कुन्दल लाल जब छह महीने के बाद अचानक घर आया तो उसकी बीवी बिस्तर पर पड़ी थी। कुन्दन लाल अब नौकरी पर बहाल हो चुका था। जब उससे पूछा गया कि वह इतनी देर कहाँ रहा तो वह गोल कर गया।

सुमित्री की बहन ने उससे ज़ेवरों के बारे में कुछ न पूछा। उसका पति घर वापस आ गया। वह बहुत ख़ुश थी कि भगवान ने उसकी सुन ली। उसका स्वास्थ्य भी कुछ सुधर गया मगर "यह उनके आने पर जो आ जाती मुँह पर रौनक़" वाला मामला था। एक महीने बाद उसकी हालत और भी ज़्यादा ख़राब हो गयी—इसी बीच सुमित्री के माँ-बाप को पता चल गया। वो फ़ौरन वहाँ पहुँचे। कुन्दल लाल को मजबूर किया कि वह अपनी बीवी को फ़ौरन किसी पहाड़ पर ले जाय, ख़र्च-वर्च का जिम्मा उन्होंने कहा हमारा है—कुन्दन लाल ने कहा चलो, सैर ही सही। सुमित्री को दिल बहलावे के लिए साथ लिया और बटोत पहुँच गया।

यहाँ वह अपनी बीवी की क़तई देख-भाल नहीं करता था—सारा दिन बाहर ताश खेलता था—सुमित्री परहेज़ी खाना पकाती थी, इसलिए वह सुबह-शाम होटल में खाना खाता। हर महीने ससुग़राल लिख देता कि ख़र्च ज़्यादा हो रहा है, चुनाचे रक़म बढ़ा दी जाती।

मैं दास्तान लम्बी नहीं करना चाहता—सुमित्री से मेरी मुलाक़ात अब हर रोज़ होने लगी। नाले पर वह जगह जहाँ वह कपड़े धोती थी, बड़ी ठण्डी थी—नाले का पानी भी ठण्डा था। सेब के दरख़्त की छाँव बड़ी प्यारी थी, और वह गोल-गोल बट्टियाँ, जी चाहता था कि सारा दिन मैं उन्हें उठा-उठा कर नाले के साफ़-शफ़्फ़ाफ़ पानी में फेंकता रहूँ—यह थोड़ी सी भौण्डी शायरी मैंने इसलिए की है कि सुमित्री से मुझे प्यार हो गया था और मुझे यह भी पता था कि उसे मेरी मुहब्बत क़बूल है,

इसलिए एक दिन जज़्बात से बेक़ाबू हो कर मैंने उसे अपने सीने से लगा लिया। उसके होंटों पर अपने होंट रख दिये और आँखें बन्द कर लीं। सेब के दरख़्त पर चिड़ियाँ शोर मचा रही थीं और मग्गू नाले का पानी गुनगुनाता हुआ बह रहा था।

वह सुन्दर थी, हालाँकि दुबली थी, मगर इस तरह कि ध्यान से देखने पर आदमी इस नतीजे पर पहुँचता था कि उसे दुबली ही होना चाहिए था। अगर वह ज़रा मोटी होती तो इतने नाज़ुक तौर पर ख़ूबसूरत नहीं होती। उसकी आँखें हिरनी की सी थीं जिनमें कुदरती सुर्मा लगा रहता था—बूटा सा क़द—घने स्याह बाल, जो उसकी कमर तक आते थे—छोटा सा कुँआरा जोबन—मंटो साहब, मैं तो उसके इश्क़ में सर से पाँव तक डूब गया।

एक दिन जब वह मुहब्बत में डूबी हुई बहुत प्यारी बातें कर रही थी, मैंने उससे वह बात कही जो बहुत दिनों से मेरे दिल में काँटे की तरह चुभ रही थी—कि देखो सुमित्री मैं मुसलमान हूँ तुम हिन्दू—बताओ, इसका अंजाम क्या होगा—मैं कोई खिलन्दरा ऐयाश-औवास नहीं कि तुम्हें ख़राब करके चलता बनूँ। मैं तुम्हें अपना जीवन साथी बनाना चाहता हूँ—सुमित्री ने मेरे गले में बाँहें डालीं और बड़े मज़बूत लहजे में कहा, हनीफ़ मैं मुसलमान हो जाऊँगी।

मेरे सीने से बोझ उतर गया—यही तय हुआ कि जैसे ही उसकी बहन अच्छी होगी वह मेरे साथ चल देगी। उसकी बहन को कहाँ अच्छा होना था। कुन्दन लाल ने मुझे बताया कि वह उसकी मौत का इन्तज़ार कर रहा है। यह बात ठीक भी थी हालाँकि इस तरह सोचना और उसका ऐलान करना कुछ ठीक नहीं लगता। जो भी हो, असलियत सामने थी, कम्बख़्त मर्ज़ ही ऐसा था कि बचना सम्भव नहीं था।

सुमित्री की बहन की तबीयत दिन-पर-दिन गिरती गयी—कुन्दन लाल को कोई चिन्ता नहीं थी—चूँकि अब ससुराल से रुपये ज़्यादा आने लगे थे और ख़र्च कम हो गया था या ख़ुद कम कर दिया था। उसने डाक बँगले जा कर शराब पीनी शुरू कर दी और सुमित्री से छेड़-छाड़ करने लगा।

मंटो साहब जब मैंने यह सुना तो मेरी आँखों में ख़ून उतर आया। हिम्मत इतनी थी नहीं, वरना बीच सड़क में जूतों से उसकी मरम्मत करता—मैंने सुमित्री को अपने सीने से लगाया, उसके आँसू पोछें और दूसरी बातें शुरू कीं जो प्यार-मुहब्बत की थीं।

एक दिन मैं सुबह-सबेरे सैर को निकला—जब उन क्वाटरों के पास पहुँचा तो मुझे लगा कि सुमित्री की बहन भगवान को प्यारी हो गयी है, इसलिए मैंने दरवाज़े के पास रुक कर कुन्दन लाल को आवाज़ दी—मेरा अन्दाज़ा सही था। बेचारी ने रात ग्यारह बजे आख़िरी साँस ली थी।

कुन्दन लाल ने मुझसे कहा कि मैं थोड़ी देर वहाँ ठहरूँ ताकि वह किरिया करम के लिए बन्दोबस्त कर आये—वह चला गया। थोड़ी देर के बाद मुझे सुमित्री का ख़याल आया—वह कहाँ थी, जिस कमरे में उसकी बहन की लाश थी, वह बिलकुल

वीरान था। मैं साथ वाले क्वार्टर की तरफ़ बढ़ा। अन्दर झाँक कर देखा सुमित्री चारपायी पर गठरी से बनी लेटी थी। मैं अन्दर चला गया। उसका कन्धा हिला कर मैंने कहा सुमित्री। सुमित्री–उसने कोई जवाब नहीं दिया। मैंने देखा कि उसकी सलवार बड़े-बड़े धब्बों से भरी हुई है। मैंने फिर उसका कन्धा हिलाया, मगर वह ख़ामोश रही–मैंने बड़े प्यार से पूछा क्या बात है सुमित्री–सुमित्री ने रोना शुरू कर दिया। मैं उसके पास बैठ गया। –क्या बात है सुमित्री–सुमित्री ने सिसकियों भरी आवाज़ में कहा–जाओ हनीफ़ जाओ–मैंने कहा क्यों–मुझे अफ़सोस है कि तुम्हारी बहन का देहान्त हो गया है मगर तुम अपनी जान हल्कान न करो। उसने अटक-अटक कर कहा–उसके गले से आवाज़ नहीं निकलती थी–वह मर गयी है पर मैं उसका ग़म नहीं कर सकती। मुझे उसका दुख नहीं है–मैं ख़ुद मर चुकी हूँ–मैं उसका मतलब नहीं समझा–तुम क्यों मरो–तुम्हें तो मेरा जीवन साथी बनना है। यह सुन कर वह धाड़ें मार कर रोने लगी–जाओ हनीफ़ जाओ–मैं अब किसी काम की नहीं रही–कल रात–कल रात बाबू जी ने मेरा ख़ात्मा कर दिया–मैं चीख़ी–उधर दूसरे क्वार्टर से जीजी चीख़ीं और मर गयीं–वो समझ गयी थीं–हाय काश मैं न चीख़ी होती। वो मुझे क्या बचा सकती थीं–जाओ हनीफ़ जाओ–यह कह कर वह उठी, पागलों की तरह मेरा बाज़ू पकड़ा और घसीटती हुई बाहर ले गयी, फिर दौड़ कर क्वार्टर में घुसी और दरवाज़ा बन्द कर लिया। थोड़ी देर के बाद वह हरामज़ादा कुन्दन लाल आया। उसके साथ चार-पाँच आदमी थे। ख़ुदा की क़सम वह अकेला होता तो मैं पत्थर मार-मार कर उसे जहन्नुम भेज देता–बस यह है मेरी कहानी–सुमित्री की कहानी जिसके शब्द हर वक़्त मेरे कानों में गूँजते रहते हैं, जाओ हनीफ़ जाओ कितना दुख है, इन तीन शब्दों में–''

हनीफ़ के आँखों में आँसू तैर रहे थे। मैंने उससे पूछा, जो होना था, "सो हो गया–तुमने सुमित्री को क़बूल क्यों नहीं किया।"

हनीफ़ ने आँखें झुका ली–ख़ुद को एक मोटी गाली दे कर उसने कहा "कमज़ोरी–मर्द अक्सर ऐसे मामलों में बड़ा कमज़ोर होता है–लानत है उस पर–"

शादी

जमील को अपना शेफ़र लाइफ़ टाइम पेन मरम्मत के लिए देना था। उसने टेलीफ़ोन डायरेक्टरी में शेफ़र क़म्पनी का नम्बर तलाश किया। फ़ोन करने पर पता चला कि उनके एजेण्ट मेसर्ज़ डी.जे. सैमुअल हैं, जिन का दफ़्तर ग्रीन होटल के पास ही है।

जमील ने टैक्सी ली और फ़ोर्ट की तरफ़ चल दिया। ग्रीन होटल पहुँच कर उसे डी.जे. सैमुअल का दफ़्तर तलाश करने में कोई कठिनाई नहीं हुई। बिलकुल पास था, मगर तीसरी मंज़िल पर।

लिफ़्ट से जमील वहाँ पहुँचा। कमरे में दाख़िल होते ही लकड़ी की दीवार की छोटी-सी खिड़की के पीछे उसे एक ख़ूबसूरत ऐंग्लो इंडियन लड़की नज़र आयी जिसका वक्ष बड़ा था। जमील ने पेन उस खिड़की के अन्दर रख दिया और कुछ नहीं बोला। लड़की ने पेन उठा लिया, खोल कर एक नज़र देखा और एक चिट पर कुछ लिख कर बिना बोले जमील को पकड़ा दी।

जमील ने चिट देखी पेन की रसीद थी। वह चलने ही वाला था कि पलट कर उसने लड़की से पूछा—"दस-बारह दिनों तक तैयार हो जायेगा, मेरा ख़याल है।"

लड़की बड़े ज़ोर से हँसी। जमील कुछ खिसयाना-सा हो गया, ''मैं आपकी इस हँसी का मतलब नहीं समझा।''

लड़की ने खिड़की के साथ मुँह लगा कर कहा, "मिस्टर—आजकल वॉर है, वॉर। यह क़लम अमरीका जायेगा—तुम नौ महीने के बाद पता करना।"

जमील बौखला गया, "नौ महीने।"

लड़की ने अपने कट बालों वाला सिर हिलाया—जमील लिफ़्ट की तरफ़ चल पड़ा।

यह नौ महीने का सिलसिला ख़ूब था—नौ महीने, इतने दिनों बाद तो औरत गुलगोथना बच्चा पैदा करके एक तरफ़ रख देती है—।

नौ महीने तक इस छोटी-सी चिट को सँभाले रखो—और यह भी कौन यक़ीन से कह सकता है कि नौ महीने तक आदमी याद रखे कि उसने एक पेन मरम्मत के लिए दिया था—हो सकता है इस दौरान वह बदनसीब मर-खप ही न जाय!

जमील ने सोचा यह सब ढकोसला है—क़लम में मामूली-सी ख़राबी थी। उसका फ़ीडर ज़रूरत से ज़्यादा स्याही सप्लाई करता था, इसके लिए उसे अमरीका के अस्पताल में भेजना एकदम ठगी है। मगर फिर उसने सोचा लानत भेजो जी इस क़लम पर—अमरीका जाय, चाहे अफ़्रीका। इसमें सन्देह नहीं कि यह पेन उसने ब्लैक मार्केट में एक सौ पचहत्तर रुपये में ख़रीदा था—मगर उसने एक साल ख़ूब इस्तेमाल भी तो किया था। हज़ारों पन्ने काले कर डाले थे—इसलिए वह निराशावादी से एकदम आशावादी बन गया। और आशावादी बनते ही उसे ख़याल आया कि वह फ़ोर्ट में है और फ़ोर्ट में शराब की बेशुमार दुकानें हैं। ह्विस्की तो ज़ाहिर है नहीं मिलेगी, लेकिन फ़्रांस की कोनियाक ब्राण्डी तो मिल ही जायेगी, चुनांचे उसने क़रीब वाली शराब की दुकान की तरफ़ रुख़ किया।

ब्राण्डी की बोतल ख़रीद कर वह लौट रहा था कि ग्रीन होटल के पास आ कर रुक गया। होटल के नीचे आदमक़द शीशों का बना हुआ, जमील के दोस्त पीर साहब का कालीनों का शोरूम था।

उसने सोचा, चलो अन्दर चलें। कुछ ही लम्हों में वह शो रूम में था और अपने दोस्त पीर से, जो उससे उमर में काफ़ी बड़ा था, इधर-उधर की बातें कर रहा था।

ब्राण्डी की बोतल बारीक़ काग़ज़ में लिपटी मोटे कालीन पर पड़ी हुई थी—पीर साहब ने उसकी तरफ़ इशारा करते हुए कहा, "यार इस दुल्हन का घूँघट तो खोलो—ज़रा इससे छेड़ख़ानी तो करें।"

जमील मतलब समझ गया। उसने हँसते हुए कहा, "तो पीर साहब गिलास और सोडा मँगवाइए, फिर देखिए कैसी महफ़िल जमती है।"

फ़ौरन गिलास और ठण्डे सोडा आ गया। पहला दौर हुआ। दूसरा दौर शुरू होने ही वाला था कि पीर साहब के एक गुजराती दोस्त अन्दर चले आये और बड़ी बेतकल्लुफ़ी से कालीन पर बैठ गये। इत्तफ़ाक से होटल का छोकरा दो की जगह तीन गिलास उठा लाया था। पीर साहब के गुजराती दोस्त ने बड़ी साफ़ उर्दू में चन्द बातें इधर-उधर की थी। और गिलास में एक बड़ा पेग डाल कर उसे सोडे से लबालब भर दिया। तीन-चार लम्बे-लम्बे घूँट ले कर उन्होंने रूमाल से मुँह साफ़ किया, "सिगरेट निकालो यार।"

पीर साहब में सातों एक बुराइयाँ थीं, पर वे सिगरेट नहीं पीते थे। जमील ने जेब से अपना सिगरेट केस निकाल कर कालीन पर रख दिया साथ ही लाइटर भी।

इस पर पीर साहब ने जमील को उस गुजराती का परिचय दिया—श्री नटवर लाल, मोतियों की दलाली करते हैं।

जमील ने क्षण भर को सोचा, कोयले की दलाली में तो आदमी का मुँह काला होता है—मोतियों की दलाली में?

पीर साहब ने जमील की तरफ़ देखते हुए कहा, "मिस्टर जमील, मशहूर

गीतकार।"

दोनों ने हाथ मिलाया और ब्राण्डी का नया दौर शुरू हुआ और ऐसा शुरू हुआ कि बोतल ख़ाली हो गयी।

जमील ने सोचा कि कमबख़्त मोतियों का दलाल बला का पीने वाला है—मेरी प्यास और सुरूर की सारी ब्राण्डी चढ़ा गया। ख़ुदा करे इसे मोतियाबिन्द हो—

मगर जैसे ही आख़िरी दौर के पेग ने जमील के पेट में अपने क़दम जमाये, उसने नटवर लाल को माफ़ कर दिया और उससे कहा, "उठिए नटवर भाई, एक बोतल और हो जाय।"

नटवर फ़ौरन उठा, अपने सफ़ेद डगले की सिकुड़ने सही कीं, धोती की लाग ठीक की और कहा, "चलिए।"

जमील पीर साहब से बोला "हम अभी हाज़िर होते हैं।"

जमील और नटवर ने बाहर निकल कर टैक्सी ली, और शराब की दुकान पर पहुँचे, जमील ने टैक्सी रुकवायी मगर नटवर ने कहा, "जमील भाई, यह दुकान ठीक नहीं, सारी चीज़ें महँगी बेचता है।" यह कह कर उसने टैक्सी ड्राइवर से कहा "कोलाबा चलो।"

कोलाबा पहुँच कर नटवर जमील को शराब की छोटी-सी दुकान पर ले गया। जो ब्राण्डी जमील ने फ़ोर्ट से लीया थी वह तो नहीं मिली, पर एक दूसरी मिल गयी, जिसकी नटवर ने बहुत तारीफ़ की, "नम्बर वन चीज़ है।"

यह नम्बर वन चीज़ ख़रीद कर दोनों बाहर निकले—साथ ही बार थी। नटवर रुक गया, "जमील भाई, क्या ख़याल है आपका। एक-दो पेग यहाँ से पी कर चलते हैं।"

जमील को इस पर कोई आपत्ति नहीं थी, क्योंकि उसका नशा अब आख़िरी साँसों पर था। दोनों बार के अन्दर गये, अचानक जमील को ख़याल आया कि बार वाले तो कभी बाहर की शराब पीने नहीं देते, "नटवर भाई, हम यहाँ पी कैसे सकते हैं। ये लोग इसकी इजाज़त नहीं देंगे।"

नटवर ने ज़ोर से आँख मारी, "सब चलता है।"

और यह कह कर वह एक केबिन में घुस गया और जमील भी उसके पीछे-पीछे हो लिया—नटवर ने बोतल रंगीन तिपायी पर रखी और बैरे को आवाज़ दी—जब वह आया तो उसको भी आँख मारी, "देखो दो सोडे रौजर्स—ठण्डे और दो गिलास—एकदम साफ़।"

बैरा यह आदेश सुन कर चला गया। उसने तत्काल सोडे और गिलास ला कर रख दिये। तब नटवर ने दूसरा हुकुम दिया, "फ़र्स्ट क्लास चिप्स, टमाटो सॉस और फ़र्स्ट क्लास कटलेट्स।"

बैरा चला गया। नटवर जमील की तरफ़ देख कर ऐसे ही मुस्कराया। बोतल

का कॉर्क खोला और जमील से पूछे बग़ैर उसके गिलास में एक पटियाला पेग डाल दिया और ख़ुद उसमें कुछ ज़्यादा ले लिया। सोडा मिला कर दोनों ने अपने गिलास टकराये।

जमील प्यासा था, एक ही घूँट में उसने आधा गिलास ख़ाली कर दिया। सोडा चूँकि बहुत ठण्डा और तेज़ था, इसलिए फूँ-फूँ करने लगा।

थोड़ी देर में चिप्स और कटलेट्स भी आ गये—जमील सुबह घर से नाश्ता करके निकला था, लेकिन ब्राण्डी ने उसकी भूख जगा दी थी। चिप्स गर्म-गर्म थे और कटलेट्स भी, चुनांचे कुछ ही क्षणों में दोनों प्लेटें साफ़ हो गयीं।

दो प्लेटें और मँगवायी गयीं, जमील ने अपने लिए चौप्स भी मँगवाये। दो घंटे इसी तरह गुज़र गये। पौनी बोतल ख़ाली हो चुकी थी। जमील ने सोचा कि अब पीर साहब के यहाँ जाना बेकार है।

नशा ख़ूब चढ़ रहा था और सुरूर ख़ूब जम रहा था। दोनों हवा के घोड़े पर सवार थे। ऐसे सवारों को प्रायः ऐसी वादियों में जाने की बड़ी इच्छा होती है जहाँ उन्हें अधनंगी ख़ूबसूरत औरतें मिल सकें और जिनकी कमर में हाथ डाल कर वे उन्हें घोड़े पर बिठा लें और ये जा और वो जा! (हवा हो जायें)।

जमील का दिमाग़ इस वक़्त किसी ऐसे ही ठिकाने के बारे में सोच रहा था जहाँ उसकी किसी ख़ूबसूरत औरत से मुठभेड़ हो जाय जिसको अपने सीने के साथ इस ज़ोर से भींच ले कि उसकी हड्डियाँ तक चटख जायें।

जमील को इतना तो पता था कि वह ऐसी जगह पर है, जो अपने गेस्ट हाउसों के कारण सारे बम्बई में मशहूर है। जिन्हें ऐयाशी करनी होती है, वे इधर ही का रुख़ करते हैं। शहर से भी जिस लड़की को लुक-छिप कर धन्धा करना होता है, वह यहीं आती है। इतनी जानकारी के बल पर उसने नटवर से कहा—मैंने कहा—वह—वह—मेरा मतलब है, इधर कोई छोकरी-वोकरी नहीं मिलती।

नटवर ने अपने गिलास में एक बड़ा पेग डाला और हँसा, "जमील साहब, एक नहीं, हज़ारों—हज़ारों—हज़ारों।"

हज़ारों की यह गरधन जारी रहती, अगर जमील ने उसकी बात काटी न होती, "उन हज़ारों में से अगर आज एक ही मिल जाय तो हम समझें नटवर भाई ने कमाल कर दिया।"

नटवर भाई मज़े में थे, झूम कर बोले, "जमील भाई, एक नहीं, हज़ारों—चलो, इसको ख़त्म करो।"

बोतल में जो कुछ बचा था उसे आधे घण्टे में खत्म कर दिया गया। बिल का भुगतान कर और बैरे को तगड़ी टिप दे कर दोनों बाहर निकले। अन्दर अँधेरा था, बाहर धूप चमक रही थी। जमील की आँखें चौधियाँ गयीं। एक पल के लिए उसे कुछ नज़र नहीं आया। धीरे-धीरे उसकी आँखें तेज़ रोशनी की आदी हुईं तो उसने

नटवर से कहा, "चलो भाई।"

नटवर ने टटोलती हुई नज़रों से जमील की तरफ़ देखा, "माल-पानी है न।"

जमील के होंटों पर नशीली मुस्कराहट फैली, नटवर की पसलियों में टहोका दे कर उसने कहा, "बहुत—नटवर भाई, बहुत"। उसने जेब से पाँच नोट सौ-सौ के निकाले, "क्या इतने काफ़ी नहीं?"

नटवर की बाँछें खिल गयीं, "काफ़ी? बहुत ज़्यादा हैं चलो आओ, पहले एक बोतल ख़रीद लें, वहाँ उसकी ज़रूरत पड़ेगी।"

जमील ने सोचा बात बिलकुल ठीक है, वहाँ ज़रूरत नहीं पड़ेगी तो क्या किसी मस्जिद में पड़ेगी, इसलिए फ़ौरन एक बोतल ख़रीद ली गयी। टैक्सी खड़ी थी, दोनों उसमें बैठ गये और उस घाटी की सैर को निकल पड़े।

सैकड़ों गेस्ट हाउस थे, उनमें से बीस-पच्चीस का जायज़ा लिया गया। मगर जमील को कोई औरत पसन्द नहीं आयी, सब मेकअप की मोटी और शोख़ तहों के अन्दर छिपी हुई थीं। जमील चाहता था कि कोई ऐसी लड़की मिले जो मरम्मत किया हुआ मकान न लगे, जिसको देख कर यह न लगे कि जगह-जगह उखड़े हुए पलस्तर के टुकड़ों पर बड़े अनाड़ीपन से सुर्ख़ी और चूना लगाया गया है।

नटवर तंग आ गया, उसके सामने जो भी औरत आती थी, वह जमील का कन्धा पकड़ कर पूछता, "जमील भाई, चलेगी।"

मगर जमील भाई उठ खड़ा होता, "हाँ चलेगी—और हम भी चलेंगे।"

दो जगहें और देखी गयीं, मगर जमील को निराशा का सामना करना पड़ा। वह सोचता कि इन औरतों के पास कौन आता है जो सुअर के सूखे गोश्त के टुकड़ों की तरह दिखायी देती हैं। उनकी अदाएँ कितनी घिनौनी हैं, उठने-बैठने का ढंग कितना भौण्डा है और कहने को ये प्राइवेट हैं, यानी ऐसी औरतें जो छिपे तौर पर पेशा करती हैं। जमील की समझ में न आता कि वह पर्दा है कहाँ, जिसके पीछे ये धन्धा करती हैं।

जमील सोच ही रहा था कि अब क्या प्रोग्राम होना चाहिए कि नटवर ने टैक्सी रुकवायी और उतर कर चला गया कि अचानक उसे एक ज़रूरी काम याद आ गया था।

अब जमील अकेला था। टैक्सी तीस मील फ़ी घण्टे की रफ़्तार से चल रही थी। इस वक़्त साढ़े चार बज चुके थे—उसने ड्राइवर से पूछा, "यहाँ कोई भड़वा मिलेगा।"

ड्राइवर ने दो-तीन मोड़ घूमे और एक पहाड़ी बँगले नुमा बिल्डिंग के पास गाड़ी खड़ी कर दी।

जमील का सिर नशे के कारण बेहद भारी हो रहा था, आँखों के सामने धुन्ध सी छायी हुई थी। उसे मालूम नहीं कैसे और किस तरह, मगर जब उसने ज़रा दिमाग़ को झटका तो उसने देखा कि वह एक पलँग पर बैठा है और उसके पास ही एक

जवान लड़की जिसकी नाक की नोक पर एक छोटी-सी फुंसी थी, अपने कटे हुए बालों में कंघी कर रही थी।

जमील ने उसको ग़ौर से देखा—सोचने ही वाला था कि वह यहाँ कैसे पहुँचा कि उसके विवेक ने उसे सलाह दी कि यह सब बेकार है। जमील ने सोचा कि यह ठीक है, लेकिन फिर भी उसने अपनी जेब में हाथ डाल कर अन्दर-ही-अन्दर नोट गिन कर और पास पड़ी हुई तिपायी पर ब्राण्डी की सालम बोतल देख कर अपनी तसल्ली कर ली कि सब ठीक है। उसका नशा काफ़ी उतर गया। उठ कर वह उस कटे हुए बालों वाली लड़की के पास गया और जब कुछ समझ में नहीं आया तो मुस्करा कर उसने कहा, "कहिए, कैसे मिज़ाज हैं?"

उस लड़की ने कंघी मेज़ पर रखी और कहा, "कहिए, आप कैसे हैं?"

"ठीक हूँ," यह कह कर उसने उस लड़की की कमर में हाथ डाला—"आपका नाम?"

"बता तो चुकी एक बार—आपको मेरा ख़याल है यह भी याद नहीं रहा कि आप टैक्सी में यहाँ आये—जाने कहाँ-कहाँ घूमते होंगे कि बिल अड़तालीस रुपये बना जो आपने दिया, और एक आदमी को जिसका नाम शायद नटवर था, आपने उसको बेशुमार गालियाँ दीं।"

जमील अपने अन्दर डूब कर सारे मामले की तह तक पहुँचने की कोशिश करने ही वाला था कि उसने सोचा अभी इसकी ज़रूरत नहीं, मैं भूल जाया करता हूँ या यों समझिए कि मुझे बार-बार पूछने में मज़ा आता है—वह सिर्फ़ इतना याद कर सका कि उसने टैक्सी वाले का बिल जो कि अड़तालीस रुपये बनता था उसे दिया था।

लड़की पलँग पर बैठ गयी, "मेरा नाम तारा है।"

जमील ने उसको लिटा दिया और उससे बनावटी प्यार करने लगा।

थोड़ी देर बाद उसे प्यास लगी तो उसने तारा से कहा "दो ठण्डे सोडे और गिलास।"

तारा ने ये दोनों चीज़ें फ़ौरन मँगवा दीं, जमील ने बोतल खोली। अपने लिए एक पेग बना कर उसने दूसरा तारा के लिए बनाया—फिर दोनों पीने लगे।

तीन पेग पीने के बाद जमील को लगा उसकी हालत बेहतर हो गयी है, तारा को चूमने-चाटने के बाद उसने सोचा कि अब इस क़िस्से को झटपट निपटा देना चाहिए, "कपड़े उतार दो।"

"सारे?"

"हाँ सारे।"

तारा ने कपड़े उतार दिये और लेट गयी। जमील ने उसके नंगे बदन को एक नज़र देखा और सोचा कि अच्छा है। इसके साथ विचारों का ताँता-सा बँध गया। जमील का निकाह हो चुका था। उसने अपनी बीवी को दो-तीन बार देखा था।

उसका बदन कैसा होगा? क्या वह भी तारा की तरह उसके एक बार कहने पर अपने सारे कपड़े उतार कर उसके साथ लेट जायेगी?

"क्या वह उसके साथ ब्राण्डी पियेगी?"

"क्या उसके बाल कटे हुए होंगे?"

फिर उसकी आत्मा जागी जिसने उसको डाँटना-फटकारना शुरू कर दिया। निकाह का यह अर्थ था कि उसकी शादी हो चुकी थी, सिर्फ़ एक रस्म बाक़ी थी, कि वह अपनी ससुग़राल जाय और लड़की का हाथ पकड़ कर ले आये—क्या यह उसके लिए उचित था कि वह एक बाज़ारू औरत से रँगरेलियाँ मनाये और जाम-के-जाम ख़ाली करता रहे।

जमील बहुत शर्मिन्दा हुआ और उसी शर्मिन्दगी में उसकी पलकें झपकने लगीं और वह सो गया। तारा भी थोड़ी देर नींद की घाटियों में खो गयी।

जमील ने कई बेकार के उटपटाँग सपने देखे। दो घण्टे बाद जब वह एक बहुत डरावना सपना देख रहा था, वह हड़बड़ा कर उठा। जब अच्छी तरह आँखें खुलीं तो उसने देखा कि उसके साथ एक अलफ़ नंगी लड़की लेटी है, लेकिन थोड़ी देर के बाद उसके दिमाग़ पर छायी धुन्ध को चीर कर बीती हुई घटनाएँ उभरने लगीं।

वह ख़ुद भी एकदम नंगा था। बौखला कर उसने उल्टा पायजामा पहन लिया। मगर उसे इसका पता ही नहीं चला, कुर्ता पहन कर उसने अपने जेबें टटोलीं। नोट सब-के-सब मौजूद थे। उसने सोडा खोला और एक पेग बना कर पिया। फिर उसने तारा को हौले से झँझोड़ा, "उठो।"

तारा आँखें मलती उठी—जमील ने उससे कहा कपड़े पहन लो।" तारा ने कपड़े पहन लिये। बाहर गहरी शाम रात बनने की तैयारियाँ कर रही थी। जमील ने सोचा अब कूच करना चाहिए। लेकिन वह तारा से कुछ पूछना चाहता था, क्योंकि बहुत-सी बातें उसके दिमाग़ से निकल गयी थीं, "क्यों तारा जब हम लेटे—मेरा मतलब है—जब मैंने तुमसे कपड़े उतारने को कहा तो उसके बाद क्या हुआ?"

तारा ने जवाब दिया, "कुछ नहीं—आपने अपने कपड़े उतार दिये और मेरी बाँहों पर हाथ फेरते हुए सो गये।"

"बस?"

"हाँ—लेकिन सोने से पहले आप दो-तीन बार बड़बड़ाये और कहा मैं पापी हूँ ...मैं पापी हूँ।" यह कह कर तारा उठी और अपने बाल सँवारने लगी।

जमील भी उठा, अपने अपराध बोध को दबाने के लिए उसने डबल पेग अपने गले में जल्दी-जल्दी उडेला, बोतल को काग़ज़ में लपेटा और दरवाज़े की तरफ़ बढ़ा।

तारा ने पूछा, "चले।"

"हाँ, फिर कभी आऊँगा।" यह कह कर वह लोहे की घुमावदार सीढ़ियों से नीचे उतर गया। बड़े बाज़ार की तरफ़ उसके क़दम उठने ही वाले थे कि हॉर्न बजा, उसने

मुड़ कर देखा एक टैक्सी खड़ी थी। उसने सोचा, चलो अच्छा हुआ, यहीं मिल गयी। पैदल चलने की तकलीफ़ से बच गये।

उसने ड्राइवर से पूछा, "क्यों भाई, ख़ाली हो।"

ड्राइवर ने कहा "ख़ाली है का क्या मतलब–लगी हुई है।"

"तो फिर..." यह कह कर जमील मुड़ा लेकिन ड्राइवर ने उसको पुकारा, "किधर जाता है सेठ?"

जमील ने कहा, "कोई और टैक्सी देखते हैं।"

ड्राइवर बाहर निकल आया, "मस्तक तो नहीं फिरेला–यह टैक्सी तुम्हीं ने तो ले रखी है।"

जमील बौखला गया, "मैंने!"

ड्राइवर ने बड़े उजड्डपन से उससे कहा, "हाँ, तू ने–साला दारू पी कर सब कुछ भूल गया।"

इस पर तू-तू मैं-मैं शुरू हुई। इधर-उधर से लोग इकट्ठे हो गये, जमील ने टैक्सी का दरवाज़ा खोला और अन्दर बैठकर कहा, "चलो।"

ड्राइवर ने टैक्सी चलायी, "किधर?"

जमील ने कहा, "पुलिस स्टेशन।"

ड्राइवर ने इस पर जाने क्या वाही-तबाही बकी–जमील सोच में पड़ गया। जो टैक्सी उसने ली थी, उसका बिल अड़तीस रुपये का था, जो उसने अदा कर दिया था। अब यह नयी टैक्सी कहाँ से आ टपकी। गो वे नशे में था, लेकिन इतना तो वह यक़ीनी तौर से कह सकता है कि यह वह टैक्सी नहीं थी, और न ही यह ड्राइवर वह ड्राइवर था जो उसे यहाँ लाया था।

पुलिस स्टेशन पहुँचने पर जमील के क़दम बहुत बुरी तरह से लड़खड़ा रहे थे। सब-इन्सपेक्टर जो उस समय ड्यूटी पर था, फ़ौरन भाँप गया कि मामला क्या है, उसने जमील को कुर्सी पर बैठने का निर्देश दिया।

ड्राइवर ने अपनी बात कहनी शुरू की, जो कि बिलकुल ग़लत थी, जमील निश्चय ही उसकी बात काटता पर उसमें बात करने की हिम्मत ही नहीं थी।

सब-इन्सपेक्टर से उसने कहा, "साहब मेरी समझ में यह नहीं आता कि यह क़िस्सा क्या है। जो टैक्सी मैंने लो थी उसका किराया अड़तालीस रुपया मैंने अदा कर दिया था। अब मालूम नहीं यह कौन है और मुझसे कैसा किराया माँगता है।"

ड्राइवर ने कहा, ''इन्सपेक्टर साहब, यह दारू पियेला है'' और प्रमाण स्वरूप ब्राण्डी की बोतल मेज़ पर रख दी।

जमील झुँझला गया, "अरे, कौन सुअर कहता है कि उसने नहीं पी। सवाल तो यह है कि आप कहाँ से तशरीफ़ ले आये।"

सब-इन्सपेक्टर शरीफ़ आदमी था। किराया ड्राइवर के हिसाब से बयालिस रुपये

बनता था, उसने पन्द्रह रुपये में फ़ैसला कर दिया। ड्राइवर बहुत चीख़ा-चिल्लाया, मगर सब-इन्सपेक्टर ने उसे डाँट-डपट कर थाने से भगा दिया। फिर उसने एक सिपाही से कहा कि दूसरी टैक्सी बुलाये। टैक्सी आयी तो उसने एक सिपाही को जमील के साथ कर दिया कि वह उसे घर छोड़ आये।

जमील ने हकलाते हुए उसे बहुत धन्यवाद दिया और पूछा, "साहब, क्या यह ग्राण्ट रोड पुलिस स्टेशन है।"

सब-इन्सपेक्टर ने ज़ोर का ठहाका लगाया और पेट पर हाथ रखते हुए कहा, "श्रीमान जी, अब तो सिद्ध हो गया—कि तुमने ख़ूब पी रखी है—यह कोलाबा पुलिस स्टेशन है—जाओ, अब घर जा कर सो जाओ।"

जमील घर पहुँचने पर बग़ैर कपड़े बदले और खाना खाये ही सो गया—ब्राण्डी की बोतल भी उसके साथ सोती रही।

दूसरे दिन वह दस बजे के क़रीब उठा। जोड़-जोड़ में दर्द था, सिर में जैसे बड़ा भारी पत्थर बँधा था, मुँह का स्वाद ख़राब था।

उसने उठ कर दो-तीन गिलास फ्रूट सॉल्ट के पिये, चार-पाँच प्याले चाय के। कहीं शाम के क़रीब उसकी तबीयत थोड़ी सुधरी और उसने ख़ुद को बीती हुई घटनाओं के बारे में सोचने के क़ाबिल पाया।

बहुत लम्बी ज़ंजीर थी, जिसकी कुछ कड़ियाँ तो सलामत थीं, पर कुछ गायब। घटनाओं का सिलसिला शुरू से ले कर ग्रीन होटल, और वहाँ से कोलाबा तक बिलकुल साफ़ था। इसके बाद जब नटवर के साथ उस ख़ास बस्ती के सैर शुरू हुई तो सब कुछ गड़बड़ हो जाता, सिर्फ़ कुछ झलकियाँ दिखायी देतीं। कुछ बहुत साफ़ और कुछ बड़ी धुँधली। वह कैसे उस लड़की के घर पहुँचा—जिसका नाम उसकी याद से फिसल कर न जाने किस खड्ड में जा गिरा था। हाँ, उसकी शक्ल-सूरत बहुत अच्छी तरह से याद थी।

वह उसके घर कैसे पहुँचा था?—यह जानना बहुत ज़रूरी था। अगर जमील की याददाश्त उसकी मदद करती तो बहुत-सी चीज़ें साफ़ हो जातीं। मगर लाख कोशिश करने पर वह किसी नतीजे पर नहीं पहुँच सका।

और यह टैक्सियों का क्या सिलसिला था, उसने पहली को तो छोड़ दिया था मगर यह दूसरी कहाँ से टपक पड़ी थी?

सोच-सोच कर जमील का दिमाग़ रेज़ा-रेज़ा हो गया, उसे लगा जितने भारी पत्थर वहाँ पड़े थे, सब आपस में टकरा-टकरा कर चूर-चूर हो गये हैं।

रात को उसने ब्राण्डी के तीन पैग पिये, थोड़ा-सा हल्का खाना खाया और बीती हुई बातों के बारे में सोचता हुआ सो गया।

वे टुकड़े जो गुम हो गये थे, उनको तलाश करने में अब जमील को मज़ा आने लगा। वह चाहता था जो कुछ उस दिन हुआ, वह वैसे-का-वैसा उसकी आँखों के

सामने आ जाय और यह रोज़-रोज़ की दिमाग़सोज़ी दूर हो। इसके अलावा उसको इस बात का भी बड़ा दुख था कि उसका गुनाह अधूरा ही रह गया। वह सोचता यह था कि यह अधूरा गुनाह जायेगा किस खाते में, वह चाहता था कि बस किसी तरह मौक़ा मिले तो वह इसे पूरा कर ले। मगर बहुत तलाश के बाद भी वह पहाड़ी बँगले जैसा मकान जमील की आँखों से ओझल रहा। जब वह थक-हार गया तो उसने एक दिन सोचा क्या यह सब सपना ही तो नहीं था।

मगर सपना कैसे हो सकता है? सपने में आदमी इतने रुपये तो ख़र्च नहीं करता, उस रोज़ उसके कम-से-कम ढाई सौ रुपये ख़र्च हुए थे।

पीर साहब से उसने नटवर के बारे में पूछा तो उन्होंने बताया कि वह उसके दूसरे दिन ही कहीं विदेश चला गया है, शायद मोतियों के सिलसिले में। जमील ने उस पर हज़ारों लानतें भेजीं और अपनी तलाश शुरू कर दी।

उसने अपनी याद को जब कुरेदा तो उसे बँगले की दीवार के साथ पीतल की एक प्लेट नज़र आयी—उस कुछ लिखा था—शायद डॉक्टर—डॉक्टर बैरामजी—आगे जाने क्या।

एक दिन कोलाबा की गलियों में चलते-चलते आख़िर वह एक ऐसी गली में पहुँचा जो उसको जानी-पहचानी सी लगी। उसके दोनों ओर उसी तरह की बंगलानुमा इमारतें थीं। हर इमारत के बाहर छोटे-छोटे पीतल के बोर्ड लगे थे, किसी पर चार किसी पर पाँच और किसी पर तीन।

वह इधर-उधर ध्यान से देखता चला जा रहा था, मगर उसके दिमाग़ में वह ख़त घूम रहा था जो सुबह उसे अपनी सास की तरफ़ से मिला था कि अब और इन्तज़ार नहीं कर सकती मैं, तारीख़ तय कर दी है, आओ और अपनी दुल्हन को ले जाओ।

और इधर वह एक अधूरे गुनाह को पूरा करने की कोशिश में मारा-मारा फिर रहा था। जमील ने सोचा हटाओ जी, इस वक़्त फिरने दो मारा-मारा। एकदम अपने दायें हाथ उसने पीतल का एक छोटा-सा बोर्ड देखा—उस पर लिखा था—डॉ. एम. बेरामजी एम.डी.।

जमील काँपने लगा—यह वही बिल्डिंग—बिलकुल वही—वही रंग—वही बल खाता हुआ लोहे का ज़ीना। जमील बेधड़क ऊपर चला गया। उसके लिए अब हर चीज़ जानी-पहचानी थी। कॉरीडोर से निकल कर उसने सामने वाले दरवाज़े पर दस्तक दी।

एक लड़के ने दरवाज़ा खोला—उसी लड़के ने जो उस दिन सोडा और बर्फ़ लाया था। जमील ने होंटों पर बनावटी मुस्कराहट लाते हुए उससे पूछा, "बेटा बाई जी हैं?"

लड़के ने सिर हिलाया, "जी हाँ।"

"जाओ, उनसे कहो, साहब मिलने आये हैं," जमील के स्वर में बेतकुल्लफ़ी थी।

थोड़ी देर के बाद दरवाज़ा खुला और तारा दिखायी दी। उसे देखते ही जमील

ने पहचान लिया कि वही लड़की है, मगर अब उसकी नाक पर फुंसी नहीं थी—"नमस्ते।"

"नमस्ते, कहिए मिज़ाज कैसे हैं?" यह कह कर उसने अपने कटे हुए बालों को एक हल्का-सा झटका दिया।

जमील ने जवाब दिया "अच्छे हैं—मैं पिछले दिनों बहुत मसरूफ़ रहा, इसलिए आ नहीं सका—कहो, फिर क्या इरादा है?"

तारा ने बड़ी गम्भीरता से कहा, "माफ़ कीजिए, मेरी शादी हो चुकी है।"

जमील बौखला गया, "शादी?—कब?"

तारा ने उसी संजीदगी से जवाब दिया, "जी, आज सुबह—आइए, मैं आपको अपने पति से मिलाऊँ।"

जमील चकरा गया और बिना कुछ कहे-सुने, खटाखट नीचे उतर गया। सामने टैक्सी खड़ी थी। क्षण भर के लिए उसका दिल ठहर-सा गया। फिर तेज़ क़दम उठाते हुए वह बड़े बाज़ार की तरफ़ निकल गया।

अचानक जमील को जाते देख ड्राइवर ने ज़ोर से कहा, "टैक्सी—सेठ।"

जमील ने झुँझला कर कहा, "नहीं, कम्बख़्त शादी!"

अल्ला दित्ता

दो भाई थे। अल्ला रक्खा और अल्ला दित्ता। दोनों रियासत पटियाला के रहने वाले थे। उनके पुरखे ज़रूर लाहौर के थे। जब इन दोनों भाइयों का दादा नौकरी की तलाश में पटियाला आया तो वहीं का हो रहा।

अल्ला रक्खा और अल्ला दित्ता दोनों सरकारी नौकर थे। एक चीफ़ केक्रेट्री साहब का अर्दली था। दूसरा कण्ट्रोलर ऑफ़ स्टोर्स के दफ़्तर का चपरासी।

दोनों भाई एक साथ रहते थे ताकि ख़र्च कम हो। बड़ी अच्छी गुज़र रही थी। एक सिर्फ़ अल्ला रक्खा को, जो कि बड़ा था, अपने छोटे भाई के चाल-चलन के बारे में शिकायत थी। वह शराब पीता था, रिश्वत लेता था और कभी-कभार किसी ग़रीब और लाचार औरत को फाँस भी लिया करता था, मगर अल्ला रक्खा ने हमेशा इन बातों को अनदेखा कर दिया ताकि घर की सुख-शान्ति छिन्न-भिन्न न हो।

दोनों शादी-शुदा थे। अल्ला रक्खा की दो लड़कियाँ थीं। एक की शादी हो चुकी थी। अपने घर में ख़ुश थी। दूसरी जिसका नाम सुग़रा था तेरह बरस की थी और प्राइमरी स्कूल में पढ़ती थी।

अल्ला दित्ता की एक लड़की थी—ज़ैनब—उसकी शादी हो चुकी थी, मगर अपने घर में वह इतनी ख़ुश नहीं थी, इसलिए कि उसका पति शराबी-कबाबी और ऐयाश था, फिर भी वह जैसे-तैसे निभाये जा रही थी।

ज़ैनब अपने भाई तुफ़ैल से तीन साल बड़ी थी। इस हिसाब से तुफ़ैल की उम्र अठारह-उन्नीस वर्ष के क़रीब होती थी। वह लोहे के एक छोटे कारख़ाने में काम सीख रहा था। लड़का होशियार था। इसलिए काम सीखते हुए भी उसे पन्द्रह रुपये महीने के मिल जाते थे।

दोनों भाइयों की बीवियाँ बहुत नेक, फ़र्माबरदार, मेहनती और नमाज़-रोज़े में यक़ीन रखने वाली औरतें थी। उन्होंने अपने पतियों को कभी शिकायत का अवसर नहीं दिया। ज़िन्दगी बहुत सीधी गुज़र रही थी कि अचानक हिन्दू-मुसलमान दंगा शुरू हो गया। दोनों भाइयों के सानो-गुमान में भी न था कि उनकी जानो-माल और इज़्ज़त-आबरू पर हमला हो जायेगा और उन्हें बहुत अफ़रा-तफ़री और बेचारगी की

हालत में पटियाला छोड़ना पड़ेगा—मगर ऐसा ही हुआ।

दोनों भाइयों को बिलकुल पता नहीं चला कि इस ख़ूनी तूफ़ान में कौन-सा दरख़्त गिरा, किस पेड़ की कौन-सी टहनी टूटी—जब होशो-हवास कुछ सही हुए तो जो हक़ीक़तें सामने आयीं उन्हें देख कर वे काँप गये।

अल्ला रक्खा के दामाद को क़त्ल कर दिया गया था और उसकी पत्नी को दंगाइयों ने बड़ी बेदर्दी से मार दिया था।

अल्ला दित्ता की बीवी को भी सिखों ने किरपानों से काट डाला था। ज़ैनब के बदचलन पति को भी मौत के घाट उतार दिया था।

रोना-धोना बेकार था। सब्र-सन्तोष करके बैठ रहे। पहले तो कैम्पों में ग़लते-सड़ते रहे, फिर गली-कूचों में भीख माँगा किये। आख़िर में भगवान को दया आयी। अल्ला दित्ता को गुजराँवाला में एक छोटा-सा टूटा-फूटा मकान सिर छुपाने को मिल गया। तुफ़ैल ने दौड़-धूप की तो उसे भी काम मिल गया।

अल्ला रक्खा लाहौर ही में देर तक दर-बदर की ठोकरें खाता रहा। जवान लड़की साथ थी। जैसे एक पहाड़ का पहाड़ उसके सिर पर खड़ा था। भगवान ही जानता है कि यह डेढ़ बरस का समय उसने किस तरह गुज़ारा। पत्नी और बड़ी बेटी का ग़म वह लगभग भूल चुका था। उससे पहले कि वह कोई ख़तरनाक क़दम उठाता, उसे पटियाला के एक बड़े अफ़सर मिल गये, जो उस पर बहुत मेहरबान थे, उसने उन्हें शुरू से ले कर अन्त तक अपनी आप-बीती सुनायी। आदमी रहमदिल थे। उसको बड़ी कठिनाइयों के बाद लाहौर के एक अस्थायी दफ़्तर में अच्छी नौकरी मिल गयी। उन्होंने दूसरे ही दिन उसे भी चालीस रुपये माहवारी पर रख लिया और एक छोटा-सा क्वार्टर भी रहने के लिए दिलवा दिया।

अल्ला रक्खा ने ख़ुदा का शुक्र अदा किया जिसने उसकी सारी मुश्किलें दूर कीं। अब वह आराम से साँस ले सकता था और भविष्य के बारे में फ़ुरसत से सोच सकता था। सुग़रा बड़े सलीके वाली सुघड़ लड़की थी। सारा दिन घर के काम-काज में लगी रहती थी। इधर-उधर से लकड़ियाँ चुन कर लाती, चूल्हा सुलगाती और मिट्टी की हँडिया में हर रोज़ इतना सालन बनाती, जो दोनों समय के लिए पूरा हो जाय। आटा गूँधती और पास के तन्दूर पर जा कर रोटियाँ लगवा लेती।

तन्हाई में आदमी क्या कुछ नहीं सोचता, तरह-तरह के ख़यालात आतें हैं। सुग़रा प्रायः दिन में अकेली होती थी और अपनी माँ-बहन को याद कर आँसू बहाती रहती थी, पर जब उसका बाप घर आता तो वह अपनी आँखों के सारे आँसू सोख लेती थी, जिससे कि उसके ज़ख़्म हरे न हों। लेकिन वह इतना जानती कि उसका अब्बा अन्दर-ही-अन्दर घुला जा रहा है, उसका दिल हर वक़्त रोता रहता है, मगर वह किसी से कहता नहीं। सुग़रा से भी उसने कभी उसकी माँ और बहन के बारे में ज़िक्र नहीं किया था।

यों हो गिरते-पड़ते ज़िन्दगी गुज़र हो रही थी। उधर गुजराँवाला में अल्ला दित्ता अपने भाई को तुलना में थोड़ा ख़ुशहाल था, क्योंकि उसे भी नौकरी मिल गयी थी और ज़ैनब भी थोड़ा-बहुत सिलाई का काम कर लेती। सब मिला कर सौ-सवा सौ रुपये महीने के हो जाते थे, जो तीनों के लिए बहुत काफ़ी थे। मकान छोटा था, मगर ठीक था। ऊपर की मंज़िल में तुफ़ैल रहता था, नीचे की मंजिल में ज़ैनब और उसके अब्बा। दोनों एक-दूसरे का बहुत ख़याल रखते थे। अल्ला दित्ता उसे ज़्यादा काम नहीं करने देता था। भोर में उठते ही वह आँगन में झाड़ू देकर चूल्हा सुलगा देता था कि ज़ैनब का काम कुछ हल्का हो जाय। वक़्त मिलता तो वह दो-तीन घड़े भर कर घड़ौंची पर रख देता था।

ज़ैनब ने अपने स्वर्गीय पति को कभी याद नहीं किया था। ऐसा लगता था जैसे कि वह उसके जीवन में कभी था ही नहीं। वह ख़ुश थी, अपने बाप के साथ बहुत ख़ुश थी और कई बार वह उससे लिपट भी जाती थी—तुफ़ैल के सामने भी और उसको ख़ूब चूमती थी।

सुग़रा अपने बाप से ऐसी चुहल नहीं करती थी—अगर सम्भव होता तो वह उससे पर्दा भी करती, इसलिए नहीं कि वह कोई ग़ैर था—सिर्फ़ आदर के लिए—उसके दिल से कई बार यह दुआ निकलती थी कि "या परवरदिगार मेरा बाप मेरा जनाज़ा उठाये।"

अक्सर कई दुआयें उल्टी साबित होती हैं। जो ख़ुदा को मंज़ूर था, वही होना था। सुग़रा ग़रीब पर दुख और ग़रीबी का एक और पहाड़ टूटना था।

जून के महीने में दोपहर को दफ़्तर के किसी काम से जाते हुए तपती हुई सड़क पर अल्ला रक्खा को ऐसी लू लगी कि बेहोश हो कर गिर पड़ा। लोगों ने उठाया। हस्पताल पहुँचाया पर दवा ने कुछ काम नहीं किया।

सुग़रा अपने बाप की मौत के सदमे से पागल हो गयी। उसने अपने बाल नोच डाले। पड़ोसियों ने बहुत दम-दिलासा दिया, मगर यह कारगर कैसे होता—वह तो ऐसी किश्ती की तरह थी जिसका न बादबान हो, न कोई पतवार और बीच मँझधार में आ फँसी हो।

पटियाला के उन अफ़सर को, जिन्होंने स्वर्गीय अल्ला रक्खा को नौकरी दिलवायी थी और उसके परिवार के लिए फ़रिश्ते की तरह थे, जब इसकी सूचना मिली तो वे दौड़े आये। सबसे पहले उन्होंने यह काम किया कि सुग़रा को मोटर में बिठा कर घर छोड़ आये और अपनी पत्नी से कहा कि वह उसका ख़याल रखे। फिर हस्पताल पहुँच कर अल्ला रक्खा के गुसल का प्रबन्ध किया और दफ़्तर वालों से कहा कि वे उसे दफ़ना आयें।

अल्ला दित्ता को अपने भाई के देहान्त की सूचना बड़ी देर से मिली। बहरहाल, वह लाहौर आया और पूछता-पाछता वहाँ पहुँच गया जहाँ सुग़रा थी। उसने अपनी

भतीजी की बहुत हिम्मत बँधायी, बहलाया, प्यार किया, सीने से लगाया। संसार की निस्सारता-की चर्चा करते हुए, उसे बहादुर बनने को कहा, मगर सुग़रा के दुख में डूबे मन पर इन सब बातों का क्या असर होता। बेचारी ख़ामोशी से अपने आँसू दुपट्टे में सुखाती रही।

अल्ला दित्ता ने अन्त में उस शरीफ़ अफ़सर का आभार प्रकट किया और कहा मेरी गर्दन आपके एहसानों तले सदा झुकी रहेगी। मरहूम के कफ़न-दफ़न का प्रबन्ध आपने किया, फिर इस बेआसरा बच्ची को आपने अपने घर में जगह दी—ख़ुदा आपका भला करे—अब मैं इसे अपने साथ लिये जाता हूँ, मेरे भाई की क़ीमती निशानी है।

अफ़सर साहब ने कहा, ''ठीक है—लेकिन तुम अभी इसे कुछ दिन और यहाँ रहने दो—इसकी तबीयत थोड़ी सँभल जाय तो ले जाना।''

अल्ला दित्ता ने कहा, ''हुज़ूर! मैंने सोचा है कि इसकी शादी अपने लड़के से करूँगा और बहुत जल्दी ही।''

अफ़सर बहुत ख़ुश हुआ, "बड़ा नेक इरादा है—लेकिन उस सूरत में जबकि तुम इसकी शादी अपने लड़के से करने वाले हो, इसका उसी घर में रहना मुनासिब नहीं। तुम शादी का बन्दोबस्त करो, मुझे तारीख़ की इत्तला कर देना। भगवान की कृपा से सब ठीक हो जायेगा।"

बात ठीक थी। अल्ला दित्ता वापस गुजराँवाला चला गया। ज़ैनब उसकी ग़ैर हाज़िरी में बड़ी उदास हो गयी थी। जब वह घर में घुसा तो उससे लिपट गयी और पूछने लगी कि उसने इतनी देर क्यों लगायी। अल्ला दित्ता ने प्यार से उसे एक तरफ़ हटाया, "अरे बाबा आना-जाना तो क्या है—कब्र पर फ़ातिहा पढ़नी थी, सुग़रा से मिलना था, उसे यहाँ लाना था।"

ज़ैनब पता नहीं क्या सोचने लगी, "सुग़रा को यहाँ लाना था," एकदम चौंक कर वह बोली "हाँ—सुग़रा को यहाँ लाना था, पर वह है कहाँ?"

"वहीं है—पटियाले के एक बड़े नेक दिल अफ़सर हैं, उनके पास है। उन्होंने कहा है, जब तुम उसकी शादी का बन्दोबस्त करोगे तो ले जाना।" यह कहते हुए उसने बीड़ी सुलगायी।

ज़ैनब ने बड़ी दिलचस्पी लेते हुए पूछा, "उसकी शादी का बन्दोबस्त कर रहे हो? कोई लड़का है तुम्हारी नज़र में?"

अल्ला दित्ता ने ज़ोर का कश लिया, "अरे भई, अपना तुफ़ैल—मेरे बड़े भाई की सिर्फ़ एक ही निशानी तो है—मैं उसे क्या ग़ैरों को सौंप दूँ।"

जैनब ने ठण्डी साँस भरी, "तो सुग़रा की शादी तुम तुफ़ैल से करोगे?"

अल्ला दित्ता ने जवाब दिया, "हाँ—क्या तुम्हें कोई एतराज़ है?"

ज़ैनब ने बड़े मज़बूत स्वर में कहा, "हाँ—और तुम जानते हो क्यों है—यह शादी

कभी नहीं होगी।"

अल्ला दित्ता मुस्कराया—ज़ैनब की ठुड्डी पकड़ कर उसने उसका मुँह चूमा "पगली—हर बात पर शक करती है—और बातों को छोड़, आख़िर मैं तुम्हारा बाप हूँ।"

ज़ैनब ने बड़ी ज़ोर की "हुँह" की। "बाप।" और अन्दर कमरे में जा कर रोने लगी।

अल्ला दित्ता उसके पीछे गया और उसे पुचकारने लगा।

दिन बीतते गये, तुफ़ैल सुशील लड़का था। जब उसके बाप ने सुग़रा की बात की तो वह फ़ौरन मान गया, और तीन-चार महीने बाद की तारीख़ तय हो गयी—अफ़सर ने फ़ौरन सुग़रा के लिए एक बहुत अच्छा जोड़ा सिलवाया जो उसे शादी के दिन पहनना था। एक अँगूठी भी ले दी। फिर उसने मुहल्ले वालों से अपील की कि एक अनाथ लड़की की शादी के लिए जो बिलकुल बेसहारा है वे सब अपने सामर्थ्य के हिसाब से कुछ-न-कुछ दें।

सुग़रा को क़रीब-क़रीब सभी जानते थे और उसकी हालत से वाक़िफ़ भी थे, इसलिए उन्होंने मिल-मिला कर उसके लिए बड़ा अच्छा दहेज़ तैयार कर दिया।

सुग़रा दुल्हन बनी तो उसे ऐसा लगा जैसे कि सारे दुख इकट्ठे हो कर उसे पीस रहे हों। बहरहाल जब वह अपने ससुराल पहुँची जहाँ उसका स्वागत ज़ैनब ने किया कुछ इस तरह कि सुग़रा को तभी पता चल गया कि वह उसके साथ बहनों का-सा सलूक कभी नहीं करेगी, बल्कि सास की तरह पेश आयेगी।

सुग़रा का शक सही था, उसके हाथों की मेंहदी अभी अच्छी तरह उतरी भी नहीं थी कि ज़ैनब ने उससे नौकरों के काम लेने शुरू कर दिये। झाड़ू वह देती, बरतन वह माँजती, चूल्हा वह झोंकती, पानी वह भरती। यह सब काम वह बड़ी फुर्ती और सलीक़े से करती, लेकिन फिर भी ज़ैनब ख़ुश न होती, बात-बात पर उसको डाँटती डपटती, झिड़कती रहती।

सुग़रा ने दिल में तय कर लिया था, वह यह सब कुछ बरदाश्त करेगी और कभी शिकायत का लफ़्ज़ ज़बान पर नहीं लायेगी, क्योंकि अगर उसे यहाँ से धक्का मिल गया तो उसके लिए और कोई ठिकाना नहीं था।

अल्ला दित्ता का सलूक़ बुरा नहीं था। ज़ैनब की नज़र बचा कर कभी वह उसको प्यार कर लेता था और कहता था कि वह बिलकुल चिन्ता न कर सब ठीक हो जायेगा।

सुग़रा को उससे बहुत सहारा मिल जाता, ज़ैनब जब कभी अपनी किसी सहेली के यहाँ जाती और अल्ला दित्ता इत्तफ़ाक़ से घर पर होता, तो वह उससे दिल खोल कर प्यार करता। उससे बड़ी मीठी-मीठी बातें करता। काम में उसका हाथ बँटाता। उसके लिए जो चीज़ें उसने छिपा कर रखी होती थीं देता और सीने के साथ लगा

कर कहता "सुग़रा, तुम बड़ी प्यारी हो।"

सुग़रा झेंप जाती। दरअसल वह इतने पुरजोश प्यार की आदी नहीं थी। उसका मरहूम बाप अगर कभी उसे प्यार करना चाहता था तो सिर्फ़ उसके सिर पर हाथ फेर दिया करता था, या उसके कन्धे पर हाथ रख कर यह दुआ करता था ख़ुदा मेरी बेटी के नसीब अच्छे करे।

सुग़रा तुफ़ैल से बहुत ख़ुश थी। वह बहुत अच्छा शौहर था; जो कमाता था, उसके हवाले कर देता था। मगर सुग़रा ज़ैनब को दे देती थी, इसलिए कि वह उसके बेपनाह गुस्से से डरती थी। तुफ़ैल से सुग़रा ने ज़ैनब की बदसलूक़ी, उसके सास ऐसे बरताव का कभी ज़िक्र नहीं किया था। वह शान्त स्वभाव की थी। वह नहीं चाहती थी कि उसकी वजह घर में किसी तरह का झगड़ा हो। और भी कई बातें थी जो वह तुफ़ैल से कहना चाहती तो कह देती, मगर उसे डर था कि ऐसा करने पर तूफ़ान बरपा हो जायेगा और तो इसमें से बच कर निकल जायेंगे, मगर वह अकेली उसमें फँस जायेगी, और उससे उबर न पायेगी।

ये ख़ास बातें उसे कुछ दिन पहले ही पता चली थीं और वह काँप गयी थी। अब अल्ला दित्ता उसे प्यार करना चाहता तो वह अलग हट जाती या दौड़ कर ऊपर चली जाती, जहाँ वह और तुफ़ैल रहते थे।

तुफ़ैल को शुक्र की छुट्टी होती, अल्ला दित्ता को इतवार की। अगर ज़ैनब घर पर होती तो वह जल्दी-जल्दी काम-काज ख़त्म कर ऊपर चली जाती। अगर इत्तफ़ाक से इतवार को ज़ैनब कहीं बाहर गयी होती, तो सुग़रा की जान पर बनी रहती। डर के मारे उससे काम न होता, लेकिन ज़ैनब का ख़याल आते ही उसे मजबूरन काँपते हाथों और धड़कते दिल से रोते-झींकते सब कुछ करना पड़ता। अगर वह खाना वक़्त पर न पकाये तो उसका पति भूखा रहे, क्योंकि वह ठीक बारह बजे अपना शागिर्द रोटी के लिए भेज देता था।

एक दिन इतवार को जब ज़ैनब घर पर नहीं थी और वह आटा गूँध रही थी, अल्ला दित्ता पीछे से दबे पाँव आया और खिलन्दड़े अन्दाज़ में उसकी आँखों पर हाथ रख दिये। वह तड़प कर उठी, मगर अल्ला दित्ता ने मज़बूती से उसे अपनी बाँहों में जकड़ लिया। सुग़रा ने चीख़ना शुरू कर दिया, मगर वहाँ सुनने वाला कौन था। अल्ला दित्ता ने कहा, "शोर मत मचाओ। यह सब बेकार है—चली आओ।"

वह चाहता था कि सुग़रा को उठा कर अन्दर ले जाय। वह कमज़ोर थी, मगर ख़ुदा जाने कहाँ से उसमें इतना ताक़त आ गयी कि अल्ला दित्ता की पकड़ से निकल गयी और हाँफती-काँपती ऊपर पहुँच गयी। कमरे में घुस कर उसने अन्दर से कुण्डी चढ़ा ली।

थोड़ी देर के बाद ज़ैनब आ गयी। अल्ला दित्ता की तबीयत ख़राब हो गयी थी। अन्दर कमरे में लेट कर उसने ज़ैनब को पुकारा। वह आयी तो उससे कहा—"इधर

आओ, मेरी टाँगें दबाओ।" ज़ैनब उचक कर पलँग पर बैठ गयी, और अपने बाप की टाँगें दबाने लगी—थोड़ी देर के बाद दोनों की साँस तेज़-तेज़ चलने लगी।

ज़ैनब ने अल्ला दित्ता से पूछा, "क्या बात है आज तुम अपने आप में नहीं हो।"

अल्ला दित्ता ने सोचा ज़ैनब से छिपाना फ़िज़ूल है, इसलिए उसने सारी बात बता दी—ज़ैनब सुन कर आग-बबूला हो गयी, "क्या एक काफ़ी नहीं थी—तुम्हें पहले तो शर्म न आयी पर अब तो आनी चाहिए थी—मुझे मालूम था कि ऐसा होगा, इसीलिए मैं शादी के ख़िलाफ़ थी—अब सुन लो कि सुग़रा इस घर में नहीं रहेगी।"

अल्ला दित्ता ने बड़े मिस्कीन स्वर में पूछा, "क्यों?"

ज़ैनब ने खुले तौर पर कहा, "मैं इस घर में अपनी सौत नहीं देखना चाहती।"

अल्ला दित्ता का गला सूख गया। उसके मुँह से कोई बात न निकल सकी।

ज़ैनब बाहर निकली तो उसने देखा सुग़रा आँगन में झाड़ू दे रही है। वह चाहती थी कि उससे कुछ कहे मगर, ख़ामोश रही।

इस घटना को दो महीने गुज़र गये—सुग़रा ने अनुभव किया कि तुफ़ैल उससे खिंचा-खिंचा रहता है। ज़रा-ज़रा-सी बात पर उसको शक की निगाहों से देखता है। आख़िर एक दिन आया कि उसने तलाक़नामा उसके हाथ में दिया और उसे घर से बाहर निकाल दिया।

अक़्ल दाढ़

"आप मुँह सुजाये क्यों बैठे हैं?"

"भई, दाँत में दर्द हो रहा है...तुम तो ख़्वाहमख़्वाह..."

"ख़्वाहमख़्वाह क्या...आपके दाँत में कभी दर्द हो ही नहीं सकता।"

"वह कैसे?"

"आप भूल क्यों जाते हैं कि आपके दाँत मसनूई हैं...जो असली थे, वे तो कभी के रुख़सत हो चुके हैं।"

"लेकिन बेगम, भूलती तुम हो...मेरे बत्तीस दाँतों में सिर्फ़ नौ दाँत मसनूई हैं, बाक़ी असली और मेरे अपने हैं। अगर तुम्हें मेरी बात पर यक़ीन न हो तो मेरा मुँह खोल कर अच्छी तरह मुआइना कर लो।"

"मुझे यक़ीन आ गया...आपकी हर बात पर मुझे यक़ीन आ जाता है...परसों आपने मुझे यक़ीन दिलाया था कि आप सिनेमा नहीं गये थे और मैं मान गयी थी...पर आपके कोट की जेब में टिकट पड़ा था।"

"वह किसी और दिन का होगा। मेरा मतलब हैं, आज से कोई दो-ढाई महीने पहले का, जब मैं किसी दोस्त के साथ पिक्चर देखने चला गया था...वरना तुम जानती हो, मुझे फ़िल्मों से कोई दिलचस्पी नहीं...तुम तो ख़ैर हर फ़िल्म देखती हो।"

"ख़ाक...मुझे फ़ुर्सत ही कहाँ होती है।"

"फ़ुर्सत ही फ़ुर्सत है...बच्चियों को सुबह स्कूल भेज दिया...फिर सारा दिन तुम क्या करती हो...नौकर उनको स्कूल से ले आता है...खाना खिला देता है...तुम या तो अपनी किसी सहेली या रिश्तेदारों के यहाँ चली जाती हो, या मैटिनी शो देखने...शाम को फिर दौरा पड़ता है और तुम चली जाती हो फिर कोई और फ़िल्म देखने।"

"यह सफ़ेद झूठ है।"

"यह सफ़ेद है न काला, हक़ीक़त है।"

"आपके दाँत का दर्द भी क्या हक़ीक़त है...चटाख़-पटाख़ बातें कर रहे हैं।"

"सबसे बड़ा दर्द तो तुम हो...उसके सामने दाँत का दर्द क्या हक़ीक़त

रखता है।"

"तो आपने जिस तरह अपने दाँत निकलवाये थे, उसी तरह मुझे भी निकाल बाहर फेंकिए।"

"मुझमें इतनी हिम्मत नहीं...इसके लिए बड़ी जुर्रत की ज़रूरत है।"

"आप जुर्रत की बात न करें...आपको मुफ़्त में एक नौकरानी मिल गयी है, जो दिन-रात आपकी ख़िदमत करती है...उसे आप बरतरफ़ कैसे कर सकते हैं।"

"ग़ज़ब ख़ुदा का...तुमने दिन-रात मेरी कब ख़िदमत की है...पिछले महीने, मुझे जब निमोनिया हो गया था तो तुम मुझे बीमारी की हालत में छोड़ कर सियालकोट चली गयी थीं।"

"वह तो बिलकुल जुदा बात है।"

"जुदा बात क्या है?"

"आपको मालूम है, मुझे मेरी अज़ीज़तरीन सहेली ने बुलाया था कि उसकी बहन की शादी हो रही थी।"

"और यहाँ जो मेरी बर्बादी हो रही थी।"

"आप अच्छे-भले थे...मैंने डॉक्टर से पूछ लिया था...उसने मेरी तसल्ली कर दी थी...उसने कहा था : "फ़िक्र करने की कोई ज़रूरत नहीं। निमोनिया का अटैक कोई इतना सीरियस नहीं। फिर पैंसिलीन के टीके दिये जा रहे हैं...इंशाअल्लाह दो-एक रोज़ में तन्दुरुस्त हो जायेंगे।..."

"तुम सियालकोट में कितने दिन रहीं?"

"यही कोई दस-पन्द्रह दिन।"

"इस दौरान में तुमने मुझे कोई ख़त लिखा, मेरी ख़ैरियत पूछी?"

"इतनी फ़ुर्सत ही नहीं थी कि आपको एक सतर भी लिख सकती।"

"लेकिन तुमने अपनी वालिदा को चार ख़त लिखे!"

"वे तो बहुत ज़रूरी थे।"

"मैंने सब पढ़े हैं।"

"आपने क्यों पढ़े...यह तो बहुत बदतमीज़ी है।"

"यह बदतमीज़ी मैंने नहीं की...तुम्हारी वालिदा ने मुझे ख़ुद उनको पढ़ने के लिए कहा, और मुझे मालूम हुआ कि वे किस क़दर ज़रूरी थे।"

"क्या ज़रूरी न थे?"

"बहुत ज़रूरी थे, इसलिए कि ख़ाविन्द के फेफड़ों के मुक़ाबले में दुल्हन के दहेज़ की तफसीलात बहुत अहम थीं...उसके बालों की अफ्शाँ[1], उसके गालों पर लगाया गया ग़ाज़ा, उसके होंटों की सुर्ख़ी, उसकी ज़री के काम की क़मीज़, और जाने

1. अफ़्शाँ = स्त्रियों के बालों पर छिड़का जाने वाला सुनहरा चूरा।

क्या-क्या...ये तमाम इत्तलायें पहुँचाना वाक़ई अशद ज़रूरी था, वरना दुनिया के तमाम कारोबार रुक जाते, चाँद और सूरज की गर्दिश बन्द हो जाती...दुल्हन के घूँघट के मुताल्लिक़ अगर तुम न लिखतीं कि किस तरह बार-बार झुँझला कर वह उसे उठा देती थी तो मेरा ख़याल है, यह सारी दुनिया एक बहुत बड़ा घूँघट बन जाती।"

"आज आप बहुत भौण्डी शायरी कर रहे हैं।"

"बजा है...तुम्हारी मौजूदगी में अगर ग़ालिब मरहूम भी होते तो वे इसी क़िस्म की शायरी करते।"

"आप मेरी तौहीन कर रहे हैं।"

"तुम नालिश कर दो मुक़दमा दायर कर दो।"

"मैं इन चक्करों में नहीं पड़ना चाहती।"

"तो फिर किन चक्करों में पड़ना चाहती हो, यह तो बता दो।"

"आपसे जो मेरी शादी हुई, भला इससे बड़ा चक्कर और क्या हो सकता है...मेरे बस में हो तो मैं इससे निकल भागूँ।"

"तुम्हारे बस में क्या कुछ नहीं...तुम चाहो तो आज ही इस चक्कर से निकल सकती हो।"

"कैसे?"

"यह मुझे मालूम नहीं...तुम माशाल्लाह अक़्लमन्द हो...कोई-न-कोई रास्ता निकाल लो, ताकि यह रोज़-रोज़ की बक-बक और झक-झक ख़त्म हो।"

"तो इसका मतलब यह है कि आप ख़ुद यह चाहते हैं कि मुझे निकाल बाहर करें?"

"लाहौलविला...मैं ख़ुद बाहर निकाले जाने के लिए तैयार हूँ।"

"कहाँ रहेंगे आप?"

"कहीं भी रहूँ...किसी दोस्त के यहाँ कुछ देर ठहर जाऊँगा, या शायद किसी होटल में चला जाऊँ...अकेली जान होगी...मैं तो भई फ़ुटपाथ पर भी सो कर गुज़ारा कर सकता हूँ...कपड़े अपने साथ ले जाऊँगा...उनको किसी लॉण्डरी के हवाले कर दूँगा। वहाँ वे इस घर के मुक़ाबले में ज़्यादा महफ़ूज़ रहेंगे। शीशे की अलमारियों में सजे रहेंगे...जब गये, एक सूट निकलवाया, उसकी धुलाई या ड्राइक्लीनिंग के पैसे अदा किये और ख़रामाँ-ख़रामाँ..."

"ख़रामाँ-ख़रामाँ, कहाँ गये?"

"कहीं भी...लारेंस गार्डन है, सिनेमा है, रेस्तराँ है...बस जहाँ जी चाहा, चले गये...कोई पाबन्दी तो नहीं होगी उस वक़्त!"

"यहाँ मैंने आप पर कौन-सी पाबन्दियाँ लगायी हुई हैं...खुले बन्दों जो चाहे, करते हैं...मैंने आपको कभी टोका है?"

"टोका तो नहीं...लेकिन हर बार मेरा ऐसा झटका किया है कि महीनों तबीयत

साफ़ रही।"

"अगर तबीयत साफ़ रहे तो उसमें क्या परेशानी है...तबीयत हमेशा साफ़ रहनी चाहिए।"

"मानता हूँ कि तबीयत हमेशा साफ़ रहनी चाहिए, मगर तबीयत साफ़ करनेवाले को इतना ख़याल ज़रूर रखना चाहिए कि वह ज़रूरत से ज़्यादा साफ़ न हो जाय।"

"आपके दाँत में दर्द हो रहा था?"

"वह दर्द अब दिल में चला गया है।"

"कैसे?"

"आपकी बातें हर क़िस्म का करिश्मा कर सकती हैं...दाढ़ में शिद्दत का दर्द था, लेकिन आप ख़ुदा मालूम क्यों तशरीफ ले आयीं और मुझसे लड़ना शुरू कर दिया; दाढ़ का दर्द, दिल में चल गया।"

"मैं सिर्फ़ यह पूछने आयी थी कि आपका मुँह क्यों सूजा हुआ है...बस इतनी-सी बात का आपने बतंगड़ बना दिया...मेरी समझ में नहीं आता कि आप किस खोपड़ी के इन्सान हैं।"

"खोपड़ी तो मेरी वैसी ही है, जैसी तुम्हारी या दूसरे इन्सानों की...तुम्हें इसमें क्या फ़र्क़ महसूस होता है?"

"फ़र्क़? बनावट के मुताल्लिक़ कुछ महसूस नहीं होता, लेकिन मैं यह भरोसे के साथ से कह सकती हूँ कि आपकी खोपड़ी में यक़ीनन कोई नुक़्स है।"

"किस क़िस्म का?"

"अब मैं क़िस्म कहाँ बता सकती हूँ...किसी डॉक्टर से पूछिए।"

"पूछ लूँगा...लेकिन अब मेरे दिल में दर्द हो रहा है।"

"यह सब झूठ है...आपका दिल बहुत मज़बूत है।"

"तुम्हें कैसे मालूम हुआ?"

"आज से दो बरस पहले जब आप हस्पताल में दाख़िल हुए थे, तो आपका एक्स-रे लिया गया था..."

"मुझे मालूम नहीं।"

"आपको इतना होश ही कहाँ था...मुझे आप कोई नर्स समझ बैठे थे और अजीब-अजीब बातें करने लगे थे।"

"बीमारी में की गयी हर ख़ता माफ़ कर देनी चाहिए...तुम कहती हो कि मुझे होश ही कहाँ था; बताओ, मैं सही बातें कैसे कर सकता था।"

"मैं आपके दिल के मुताल्लिक़ कह रही थी...हस्पताल में जब आपके पाँच-छी एक्स-रे लिये गये तो सभी डॉक्टरों का फ़ैसला था कि यह शख़्स सिर्फ़ अपने मज़बूत दिल की वजह से जी रहा है...इसके गुर्दे कमज़ोर हैं, इसकी अँतड़ियों में वरम है,

इसका जिगर ख़राब है, लेकिन...”

“लेकिन क्या?”

“उन्होंने यह कहा था कि यह नहीं मरेगा, इसलिए कि इसके फेफड़े और दिल सही हालत में हैं।”

“दिल में तो ख़ैर तुम बसी रहती हो...फेफड़ों में, मालूम नहीं, कौन रहता है?”

“रहती होगी आपकी कोई...”

“कौन?”

“मैं क्या जानूँ?”

“ख़ुदा की क़सम, तुम्हारे सिवा मैंने किसी और औरत को आँख उठा कर भी नहीं देखा है।”

“आँख झुका कर देखा होगा।”

“वह तो ख़ैर देखना ही पड़ता है, मगर किसी बुरे ख़याल से नहीं...बस एक नज़र देखा और चल दिये।”

“लेकिन एक नज़र देखना क्या बहुत ज़रूरी है...क्या शरीअत में लिखा है?”

“इस बहस को छोड़ो...मुझे यह बताओ कि तुम मुझसे कहने क्या आयी थीं? तुम्हारी आदत है कि अपना मतलब बयान करने से पहले तुम झगड़ा ज़रूर शुरू कर दिया करती हो।”

“मुझे आपसे कुछ नहीं कहना था।”

“तो फिर आप तशरीफ़ ले जाइए...मुझे दफ़्तर के चन्द काम करने हैं।”

“मैं नहीं जाऊँगी।”

“तो फिर तुम ख़ामोश बैठी रहो...मैं काम ख़त्म कर लूँ तो जो तुम्हें ऊल-जलूल बकना है, बक लेना...मेरी दाढ़ में शिद्दत का दर्द हो रहा है।”

“मैं किसलिए आपके पास...”

“मुझे क्या मालूम?”

“मेरी अक़्ल दाढ़ निकल रही है...”

“ख़ुदा का शुक्र है...तुमको अब कुछ अक़्ल तो आ जायेगी।”

“बहुत दर्द हो रहा है...”

“कोई बात नहीं...इस दर्द ही से अक़्ल आ रही है।”

बचनी

भंगनों की बातें हो रही थीं। ख़ास तौर पर उनकी जो बँटवारे से पहले अमृतसर में रहती थीं। मजीद को यह विश्वास था कि अमृतसर की भंगनों जैसी करारी छोकरियाँ और कहीं नहीं पायी जातीं। भगवान जाने बँटवारे के बाद वे सब कहाँ तितर-बितर हो गयी थीं।

रशीद उनके मुक़ाबले में गुजरियों की तारीफ़ करता था। उसने मजीद से कहा "तुम ठीक कहते हो, अमृतसरी भंगनें जवानी के दिनों में बड़ी लुभावनी होती हैं, लेकिन उनकी यह जवानी खतरानियों की तरह ज़्यादा देर तक नहीं क़ायम रहती—बस एकदम जवान होती हैं और देखते-देखते अधेड़ हो जाती हैं—उनकी जवानी पता नहीं कौन-सा चोर चुरा कर ले जाता है। ख़ुदा की क़सम—हमारे यहाँ एक भंगन कोठा कमाने आती थी—इतनी कड़ियल जवान थी कि मैं अपनी कमज़ोर जवानी को ध्यान में रखते हुए कभी उससे बात न कर सका। ईसाई मिशनरियों ने उसे अपने धर्म में शामिल कर लिया था। नाम उसका फ़ातिमा था। पहले घर वाले उसे फ़ातो कहते थे—मगर जब ईसाई बन गयी तो उसे मिस फ़ातो के नाम से पुकारा जाने लगा—सुबह वह ब्रेक फ़ास्ट करती थी, दोपहर को लंच और शाम को डिनर—लेकिन कुछ महीनों के बाद मैंने देखा, कि उसकी सारी कड़ियल जवानी जैसे पिघल गयी है—उसकी छातियाँ जो बड़ी नुकीली थीं और इस तरह ऊपर उठी रहती थीं जैसे अपना सारा जोबन आप पर दाग़ देंगी, इस तरह नीचे ढलक गयी थीं कि उनका नामो-निशान भी नहीं मिलता था—लेकिन इसके मुक़ाबले में हमारे घर में वह गुजरी, जो उपले ले कर आती थी, तीर की तरह सीधी थी। उसकी उम्र भी उतनी ही होगी, जितनी उस भंगन की थी—मगर वह तीन बरस के बाद भी वैसी ही जवान थी—सरो-सा क़द—उपलों का टोकरा उसके सर पर होता था—एक पहाड़-सा बना हुआ मगर मजाल है कि उसकी गरदन में हलकी सी जुम्बिश आ जाय या उसकी कमर में ज़रा-सा खम आ जाय—तीन बरस वह हमारे यहाँ आती रही। उसके बाद उसकी शादी हो गयी—एक के बाद एक उसके तीन लड़के पैदा हुए—और मजीद मैं ख़ुदा की क़सम खा कर कह कहता हूँ, उसकी कमर वैसी-की-वैसी मज़बूत थी।

तुम मेरी बात मान लो भंगनें गुज़रियों का मुक़ाबिला किसी तरह भी नहीं कर सकतीं।

मजीद तिलमिला रहा था, उसने पान की गिलौरी पनबट्टी से निकाल कर अपने कल्ले में दबायी। छोटी डिबिया में से माचिस की तीली से थोड़ा-सा क़िवाम निकाला और मुँह में डाल कर बड़े सब्र से कहा "रशीद भाई, तुम ठीक कहते हो—लेकिन जिस भंगन की तसवीर मेरे दिमाग़ में है और जिसकी दरअसल मैं बात करना चाहता था—उसकी धूल तक अमृतसर की कोई गुजरी नहीं पहुँच सकती—वह एक क़यामत थी—एक शोला थी—अब तुम मेरी सारी बात सुन लो जिससे कि तुम इस फ़ितना और क़यामत के बारे में कुछ जान सको—जोबन ढलने की जो तुम बात करते हो, उसको मैं अच्छी तरह समझता हूँ। गुजरियों का क़द लम्बा होता है, कुदरती तौर पर उन्हें जल्दी ढलना चाहिए, पर ऐसा होता नहीं, इसलिए कि वे नंगे पाँव रहती हैं और अपने सिर पर, बकौल तुम्हारे, पहाड़-सा उपलों का टोकरा उठाये फिरती हैं—लेकिन फ़िलहाल गुजरियों पर लानत भेजो, क्योंकि मुझे बचनी की बात करनी है जो हमारे मुहल्ले की बड़ी करारी भंगन थी, उसका क़द तो अँगूठे भर का था, मगर ज़बान सिकन्दरी गज़ थी। शादी-शुदा थी, मगर अपने मियाँ से हर रोज़ लड़ती-झगड़ती रहती थी। हमारे कम्पाउण्ड में ये दोनों मियाँ-बीवी हर रोज़ सुबह-सबेरे आते और एक बरगद के पेड़ के साथ झूला लटका देते, उसमें वे अपना लड़का डाल देते थे। मगर मुसीबत यह थी कि उसको झुलाने वाला और कोई न था, इसलिए दोनों पति-पत्नी झाड़ू छोड़ कर उसे झूला झूलाते या गोद में उठाये फिरते थे।"

रशीद ने मजीद से कहा, "यह झूले की बात कहाँ से आ गयी—तुम तो एक करारी भंगन की बात कर रहे थे जो कि, बकौल तुम्हारे, बहुत ख़ूबसूरत थी।"

मजीद ने फ़ौरन कहा, "यार, तुम झूले के साथ क्यों अटक गये—मेरी पूरी कहानी तो सुन लो—यह झूले की नहीं, बचनी की है—उस बचनी की जिसे मैं उमर भर भूल नहीं सकता—वह एक आफ़त थी—सुबह अपने शौहर के साथ आती थी—हाथ में लम्बा-सा झाड़ू लिये—माथे पर सैकड़ों त्योरियाँ-ऐसा लगता था कि अभी झाड़ू आपके सिर पे दे मारेगी—मगर ऐसा मौक़ा कभी नहीं आया—मैंने हज़ारों बार उसको घूरा, लेकिन उसने मेरे सिर पर झाड़ू नहीं मारा—उसकी त्योरियाँ लगातार उसके माथे पर बनी रहीं और वह सदा की तरह अपना काम करती रही। उसका शौहर जिसका नाम पता नहीं क्या था, एक नम्बर का अपनी जोरू का गुलाम था। उसका क़द अपनी बीवी से भी छोटा था। वह उसको काम करते वक़्त हमेशा गालियाँ दिया करती थी, मोहल्ले के सब लोग सुनते थे और आपस में चेमेगोइयाँ करते थे।'

रशीद इतनी लम्बी कहानी सुन कर भन्ना गया, "तुम असल बात की तरफ़ आओ, यह क्या टेहपेगोइयाँ बक रहे हो—बचनी नाम बहुत अच्छा है, वरना ख़ुदा की क़सम मैं तुम्हारी यह बकवास कभी नहीं सुनता। क्या पता, यह तुम्हारी मनगढ़न्त कहानी हो—बहरहाल, मैं तुम्हें चन्द मिनट देता हूँ—सुना लो।"

मजीद ताव में आ गया, "उल्लू के पट्ठे–तुमने सिर्फ़ बचनी का नाम सुना है–कभी तुमने उसे देखा होता तो दिल निकाल कर उसके टोकरे में डाल दिया होता–अगर तुम्हें एक घटना के बारे में बता रहा हूँ तो उसमें नमक-मिर्च लगाने की आज़ादी मुझे होनी चाहिए–तुम अगर उकता गये हो तो जहन्नुम में जाओ।"

रशीद को और कोई काम नहीं था–उसके पास इतने पैसे भी नहीं थे कि किसी सिनेमा हॉल में घुस जाता, इसलिए उसने यही मुनासिब समझा कि जहन्नुम जाने से बेहतर है कि वह मजीद की कहानी ही सुन ले। सो उसने कहा कि "तुम ज़रा मुख़्तसर में बताओ, असल में मुझे भी बचनी में दिलचस्पी पैदा हो गयी है।"

मजीद गुस्से से बोला, "तुम्हारी दिलचस्पी की ऐसी-की-तैसी–साले, तुम होते कौन हो उसमें दिलचस्पी लेने वाले, तुम जैसे तो हज़ारों थे मगर वह किसी को ख़ातिर में ही नहीं लाती थी–मैं तुमसे कहीं ज़्यादा ख़ूबसूरत हूँ, मगर मैं भी उसकी निगाहे-करम का हर वक़्त इन्तज़ार करता था–वह बड़ी हठीली थी मेरे दोस्त। ख़ुदा की क़सम रशीद उस जैसी लड़की मैंने दोबारा नहीं देखी। नाम उसका बचनी था यानी 'बचन' से सम्बन्धित था–मगर वह तो बड़ी हर्राफ़ा थी–मैंने बड़ी कोशिश की कि उसे अपने क़ब्ज़े में ले आऊँ, पर नाकाम ही रहा, वह पुट्ठे पर हाथ ही नहीं धरने देती थी।"

यह सुन कर रशीद बोला, "तुम यार हमेशा ऐसे मामलों में कोरे-के-कोरे रहे हो।"

मजीद बेतरह आहत हुआ, "बकवास करते हो–एक रोज़ मैंने उसे पकड़ लिया–मेरे घर के बाहर वह झाड़ू दे रही थी कि मैंने उसे बाँह से पकड़ा और अपने साथ चिपटा लिया।"

"फिर क्या हुआ?" रशीद ने व्यंग्य से पूछा और सिगरेट सुलगाया। और तीली बुझा कर उसके कई टुकड़े कर के ऐशट्रे में डाल दिये।

मजीद को ऐसा महसूस हुआ कि रशीद ने उसके टुकड़े-टुकड़े कर दिये हैं, बहुत झुँझलाया पर आदमी सच्चा था, इसलिए झूठ न बोल सका। "यार रशीद। तुम मज़ाक़ उड़ाते हो, लेकिन सच यह कि जो कुछ उस रोज़ हुआ उसका मज़ाक़ उड़ाना ही चाहिए–मैंने उसे अपने साथ भींच लिया, मगर उस हरामज़ादी ने अपनी झाड़ू खींच के मेरे मुँह पर दे मारी। मैं मारे शर्म के अन्दर भाग गया–लेकिन फ़ौरन बाहर निकला–देखा कि वह मेरे मकान के बाहर झाड़ू दे रही थी–मैंने उसे फिर पकड़ा–उसने कोई विरोध नहीं किया–मैंने सोचा–"

रशीद ने मजीद का वाक्य पूरा कर दिया, "कि मैने सोचा कि मामला पट गया।"

मजीद बौखला गया, "ख़ाक पटा–वह मेरी पकड़ से निकल कर सीधा मेरी बीवी के पास चली गयी–लेकिन उससे कोई शिकायत नहीं की–मैं डर के मारे दुबका

हुआ था—मैंने सिर्फ़ इतना सुना और मेरा बोझ हल्का हुआ—बीवी जी आज भी पानी नहीं आया; लोग आप से हर महीने दस रुपये ले जाया करते हैं, क्या हो गया है—क्यों वो इतना भी ख़याल नहीं करते कि आपको हर रोज़ भिश्ती को चार आने मश्क की दर से ढाई रुपये देने पड़ते हैं। मैंने ख़ुदा का लाख-लाख शुक्र अदा किया कि उसने मेरी इज़्ज़त आबरू रख ली—लेकिन मैंने बाद में सोचा कि मेरी इज़्ज़त आबरू रखने वाली असल में बचनी है—लेकिन जब ज़्यादा सोचा तो महसूस हुआ कि ऐसा सोचना तो कुफ़्र है।"

रशीद क़रीब-क़रीब तंग आ चुका था, उसने अपने दोस्त की ख़ातिर आवाज़ दबा कर कहा, "काफ़िर के बच्चे, यह बता कि तेरा उस बचनी की बच्ची से क्या हुआ, क्या तुमने उसे पटा लिया।"

मजीद ने रशीद की नबट्टी से एक गलौरी ली और कहा, "देखो रशीद, तुम बचनी को जानते नहीं—अफ़सोस है कि मैं कोई कहानीकार नहीं, वरना मैं उस के किरदार को बहुत अच्छी तरह जीता-जागता पेश करता—मालूम नहीं वह क्या थी—उम्र उसकी ज़्यादा-से-ज़्यादा समझो कि सत्रह-अट्ठारह बरस के क़रीब होगी—क़द उसका साढ़े चार फ़ुट होगा—छाती ऐसी थी जैसे लोहे की बनी हो—हालाँकि वह एक बच्चे की माँ थी।"

रशीद बहुत तंग आ गया, "एक बच्चे की माँ के बच्चे, तू अपनी कहानी ख़त्म भी कर—मुझे एक बहुत ज़रूरी काम से जाना है, साढ़े सात बज चुके हैं, लेकिन तुम्हारी दास्तान ख़त्म ही होने में नहीं आती।"

मजीद बना रहा, "रशीद साले—मामला बड़ा नाज़ुक है।"

"किसका?—तुम्हारा या मेरा?"

"मैं कह नहीं सकता, लेकिन जिस वक़्त की मैं बात कर रहा हूँ उस वक़्त तो मेरा मामला बहुत नाज़ुक था। समझ में नहीं आता था कि क्या करूँ, क्या न करूँ...अब तुम यह सोचो कि हज़ारों का मालिक था...तुम्हें मालूम ही है कि माँ-बाप मर-खप चुके थे...सारी जायदाद का मैं वारिस था। जहाँ चाहता लुटा देता...उस दिन जब बचनी को मैंने अपने सीने के साथ खींचा और वह मेरी गिरफ़्त से यों अलग हटी जैसे मेरा काम तमाम कर देगी, लेकिन मेरी बीवी से उसने इस सिलसिले का ज़िक्र तक नहीं किया तो मुझे उम्मीद हो गयी कि चन्द ऐसी कोशिशों के बाद मैं कामयाब हो जाऊँगा।"

रशीद ने उससे पूछा, "तुझे सफलता मिली।"

"ख़ाक...तुम उसे जानते ही नहीं हो, बड़ी तेज़-तुन्द लड़की है...अपने मियाँ को भी कुछ नहीं समझती लेकिन एक अजीब बात है कि मैंने उससे इतनी छेड़-छाड़ की, लेकिन उसने किसी से बात तक नहीं की; वरना अगर वह चाहती तो मेरा घर निकाला कर सकती थी।"

रशीद मुस्कराया, "मैं तुम्हारी बचनी को जानता हूँ।"

मजीद ने बड़ी हैरत से पूछा, "तुम कैसे जानते हो उसको।"

"जिस तरह तुम जानते हो...क्या तुमने ठेका ले रखा है कि वह तुम्हारे ही मोहल्ले में काम किया करे...मैं उसको बहुत अच्छी तरह जानता हूँ।"

मजीद को यक़ीन न आया, "बकवास करते हो—उसकी उमर ही कितनी है कि तुम उसे जानो...दो बरस से कुछ महीने ऊपर हो गये हैं कि वह हमारे मोहल्ले में बिला नाग़ा आती है। उसके लड़के की उमर भी दो साल के क़रीब होगी। यानी जब वह हमारे यहाँ मुलाज़िम हुई तो उसके कोई बच्चा नहीं था, लेकिन दो-तीन महीने बाद उसकी गोद में एक लड़का था।''

रशीद फिर मुस्कराया, "तुम्हारा?"

"मेरा?" मजीद घबरा गया, लेकिन फ़ौरन सँभल कर उसने मज़ाक़ का जवाब मज़ाक़ में दिया, "मेरा होता तो क्या कहने थे। कम-से-कम मैं यह कहने के क़ाबिल हो जाता कि मैं अपने मक़सद में कामयाब हो गया हूँ।"

रशीद की मुस्कराहट उसके होंटों पर एक अजीब रंग में फैल गयी, "तुम्हें अपनी बचनी के शौहर का नाम मालूम नहीं।"

"नहीं।"

"मैं बताता हूँ तुम्हें...उसके शौहर का नाम रशीद है।"

मजीद बौखला गया, "रशीद...क्या उसका नाम रशीद है?"

रशीद ने बड़े विश्वास और बड़ी गम्भीरता से जवाब दिया, "हाँ...उसका नाम रशीद है...असल में वही उसका शौहर है।"

"वह जो उसके साथ हमारे मोहल्ले में झाड़ू देता है और अपने बच्चे को झूला झुलाता है?'' मजीद की बौखलाहट उसी तरह क़ायम थी।

रशीद कुछ ज़्यादा गम्भीर हो गया, ''वह उल्लू का पट्ठा अपने बच्चे को झूला नहीं झुलाता।''

"तो किसे झुलाता है...क्या वह उस रशीद का बच्चा नहीं है?"

"नहीं।"

"तो किसका बच्चा है।"

"एक बहुत ग़रीब और लाचार आदमी का...जो ख़ूबसूरत भी नहीं...तुम से हज़ारों दर्जे नीचे है।"

"कौन है वह।"

"पूछ कर क्या करोगे?"

"करूँगा क्या...बस ऐसे ही जानना चाहता हूँ।"

रशीद ने एक सिगरेट सुलगाया और बड़े इत्मीनान से कहा, "जानना चाहते हो तो जान लो वह रशीद मैं हूँ...तुम्हारी बचनी से मेरी आशनाई बचपन की है...वह

ग्यारह बरस की थी...मैं तेरह बरस का...जब से मेरा उसका मामला चला आ रहा है...वह लड़का जो तुम उस ख़ाकसार की गोद में देखते हो और जिसे उसका उल्लू का पट्ठा शौहर हर रोज़ झूला झुलाता है, इस नाचीज़ की औलाद है...शुक्र है खुदावन्द करीम का कि लड़की न हुई, वरना मैं तो उसे दूसरे ही दिन मार डालता।"

यह कह कर रशीद फ़ौरन उठा और चला गया...मजीद सोचता रह गया कि खुदावन्दे-करीम ने उस पर कौन-सा करम किया था जो वह उसका शुक्रगुज़ार था...

महमूदा

मुस्तकीम ने महमूदा को पहली मरतबा अपनी शादी पर देखा। आरसी-मुसहफ़' की रस्म अदा हो रही थी कि अचानक उसको दो बड़ी-बड़ी...ग़ैरमामूली तौर पर बड़ी...आँखें दिखायी दीं। ये महमूदा की आँखें थीं जो अभी तक कुँवारी थीं।

मुस्तक़ीम औरतों और लड़कियों के झुरमुट में घिरा था...महमूदा की आँखें देखने के बाद उसे क़तअन महसूस न हुआ कि आरसी-मुसहफ़* की रस्म कब शुरू हुई और कब ख़त्म हुई। उसकी दुल्हन कैसी थी, यह बताने के लिए उसको मौक़ा दिया गया था। मगर महमूदा की आँखें, उसकी दुल्हन और उसके दरमियान एक स्याह मख़मली पर्दे के मानिन्द हायल हो गयीं।

उसने चोरी-चोरी कई मरतबा महमूदा की तरफ़ देखा। उसकी हमउम्र लड़कियाँ सब चहचहा रही थीं। मुस्तक़ीम से बड़े ज़ोरों पर छेड़ख़ानी हो रही थी, मगर वह अलग-थलग खिड़की के पास घुटनों पर ठोड़ी जमाये ख़ामोश बैठी थी।

उसका रंग गोरा था। बाल तख़्तियों पर लिखने वाली स्याही के मानिन्द काले और चमकीले थे। उसने सीधी माँग निकाल रखी थी जो उसके अण्डाकार चेहरे पर बहुत सजती थी। मुस्तक़ीम का अन्दाज़ा था कि उसका क़द छोटा है, चुनांचे जब वह उठी तो इसकी तसदीक़ हो गयी।

लिबास बहुत मामूली क़िस्म का था। दुपट्टा जब उसके सिर से ढलका और फ़र्श तक जा पहुँचा तो मुस्तक़ीम ने देखा कि उसका सीना बहुत ठोस और मज़बूत था। भरा-भरा जिस्म, तीखी नाक, चौड़ी पेशानी, छोटा-सा मुँह...और आँखें...जो देखने वाले को सबसे पहले दिखायी देती थीं।

मुस्तक़ीम अपनी दुल्हन घर ले आया। दो-तीन महीनें गुज़र गये। वह ख़ुश था, इसलिए कि उसकी बीवी ख़ूबसूरत और बा-सलीक़ा थी...लेकिन वह 'महमूदा' की आँखें नहीं भूल सका था। उसको ऐसा महसूस होता था कि वह उसके दिल-ओ-दिमाग़ पर छा हो गयी हैं।

मुस्तक़ीम को महमूदा का नाम मालूम नहीं था...एक दिन उसने अपनी बीवी

---

* शादी की एक रस्म जिसमें आईने में दूल्हा-दुल्हिन एक-दूसरे का चेहरा देखते हैं।

कुलसूम से बातों-बातों में पूछा, "वह लड़की कौन थी हमारी शादी पर...जब आरसी-मुसहफ़ की रस्म अदा हो रही थी, वह एक कोने में खिड़की के पास बैठी हुई थी।"

कुलसूम ने जवाब दिया, "मैं क्या कह सकती हूँ...उस वक़्त कई लड़कियाँ थीं। मालूम नहीं आप किसके बारे में पूछ रहे हैं।"

मुस्तक़ीम ने कहा, "वह...वह, जिसकी ये बड़ी-बड़ी आँखें थीं।"

कुलसूम समझ गयी, "ओह...आपका मतलब महमूदा से है...हाँ वाक़ई उसकी आँखें बहुत बड़ी हैं, लेकिन बुरी नहीं लगतीं...ग़रीब घराने की लड़की है। बहुत कमगो और शरीफ़...कल ही उसकी शादी हुई है।"

मुस्तक़ीम को ग़ैर इरादी तौर पर एक धक्का-सा लगा, "उसकी शादी हो गयी कल?"

"हाँ...मैं कल वहीं तो गयी थी...मैंने आपसे कहा नहीं था कि मैंने उसको एक अँगूठी दी है?"

"हाँ-हाँ...मुझे याद आ गया...लेकिन मुझे यह मालूम नहीं था कि तुम जिस सहेली की शादी पर जा रही हो, वही लड़की है, बड़ी-बड़ी आँखों वाली...कहाँ शादी हुई है उसकी?"

कुलसूम ने गिलौरी बना कर अपने ख़ाविन्द को देते हुए कहा, "अपने अज़ीज़ों में...ख़ाविन्द उसका रेलवे वर्कशॉप में काम करता है, डेढ़ सौ रुपया माहवार तनख़्वाह है...सुना है बेहद शरीफ़ आदमी है।"

मुस्तक़ीम ने गिलौरी कल्ले के नीचे दबायी, "चलो, अच्छा हो गया...लड़की भी जैसा कि तुम कहती हो शरीफ़ है।"

कुलसूम से न रहा गया। उसे ताज्जुब था कि उसका ख़ाविन्द महमूदा में इतनी दिलचस्पी क्यों ले रहा है, "हैरत है कि आपने उसको महज़ एक नज़र देखने पर भी याद रखा।"

मुस्तक़ीम ने कहा, "उसकी आँखें कुछ ऐसी हैं कि आदमी उन्हें भूल नहीं सकता...क्या मैं झूठ कहता हूँ?"

कुलसूम दूसरा पान बना रही थी। थोड़े-से वक़्फ़े के बाद वह अपने ख़ाविन्द से मुख़ातिब हुई, "मैं उसके मुताल्लिक़ कुछ कह नहीं सकती। मुझे तो उसकी आँखों में कोई कशिश नज़र नहीं आती...मर्द जाने किन निगाहों से देखते हैं।"

मुस्तक़ीम ने मुनासिब ख़याल किया कि इस मौज़ूँ पर अब मज़ीद गुफ़्तगू नहीं होनी चाहिए। इसलिए जवाब में मुस्करा कर वह उठा और अपने कमरे में चला गया...इतवार की छुट्टी थी। हस्ब-ए-मामूल उसे अपनी बीवी के साथ मैटनी शो देखने जाना चाहिए था, मगर 'महमूदा' का ज़िक्र छेड़ कर उसने अपनी तबीयत ख़राब कर ली थी।

उसने आराम कुर्सी में लेट कर तिपायी पर से एक किताब उठायी जिसे वह दो मरतबा पढ़ चुका था। पहला वरक़ निकाला और पढ़ने लगा, मगर हरूफ़ गड्मड् हो कर महमूदा की आँखें बन जाते। मुस्तक़ीम ने सोचा, "शायद कुलसूम ठीक कहती थी कि उसे महमूदा की आँखों में कोई कशिश नज़र नहीं आती...हो सकता है किसी और मर्द को भी नज़र न आये...एक सिर्फ़ मैं हूँ जिसे दिखायी दी है...पर क्यों?...मैंने ऐसा कोई इरादा नहीं किया था...मेरी ऐसी कोई ख़्वाहिश नहीं थी कि वे मेरे लिए पुरकशिश बन जायें...एक पल की तो बात थी। बस मैंने एक नज़र देखा और वे मेरे दिल-ओ-दिमाग़ पर छा गयी। इसमें न उन आँखों का क़ुसूर है, न मेरी आँखों का जिनसे मैंने उन्हें देखा।

इसके बाद मुस्तक़ीम ने महमूदा की शादी के मुताल्लिक़ सोचना शुरू किया, तो हो गयी उसकी शादी...चलो अच्छा हुआ...लेकिन दोस्त यह क्या बात है कि तुम्हारे दिल में हल्की सी टीस उठती है...क्या तुम चाहते हो कि उसकी शादी न हो...सदा कुँवारी रहे, क्योंकि तुम्हारे दिल में उससे शादी करने की ख़्वाहिश तो कभी पैदा नहीं हुई, तुमने उसके मुताल्लिक़ कभी एक पल के लिए भी नहीं सोचा, फिर यह जलन कैसी?...इतनी देर तुम्हें उसे देखने का कभी ख़याल न आया, पर अब तुम क्यों उसे देखना चाहते हो...फ़र्ज़ करो, देख भी लो तो क्या कर लोगे। उसे उठा कर अपनी जेब में रख लोगे...उसकी बड़ी-बड़ी आँखें नोच कर अपने बटुवे में डाल लोगे...बोलो न, क्या करोगे?

मुस्तक़ीम के पास इसका कोई जवाब नहीं था। असल में उसे मालूम ही नहीं था कि वह क्या चाहता है? मगर कुछ चाहता भी है तो क्यों चाहता है?

महमूदा की शादी हो चुकी थी और वह भी सिर्फ़ एक रोज़ पहले। यानी इस वक़्त जबकि मुस्तक़ीम किताब के पन्ने पलट रहा था महमूदा यक़ीनन दुल्हनों के लिबास में या तो अपने मायके या अपनी ससुराल में शरमायी-लजायी बैठी थी. ..वह खुद शरीफ़ थी, उसका शौहर भी शरीफ़ था, रेलवे वर्कशॉप में मुलाज़िम था और डेढ़ सौ रुपये माहवार तनख़्वाह पाता था...बड़ी खुशी की बात थी। मुस्तक़ीम की दिली ख़्वाहिश थी कि वह खुश रहे...सारी उम्र खुश रहे...लेकिन उसके दिल में जाने क्यों, इक टीस-सी उठती थी और उसे बेक़रार बना जाती थी।

मुस्तक़ीम आख़िर इस नतीजे पर पहुँचा कि यह सब बकवास है। उसे महमूदा के मुताल्लिक़ क़तअन सोचना नहीं चाहिए...दो बरस गुज़र गये। इस दौरान उसके मुताल्लिक़ कुछ मालूम न हुआ और न उसने मालूम करने की कोई कोशिश की, हालाँकि वह और उसका ख़ाविन्द बम्बई में डोंगरी की एक गली में रहते थे... मुस्तक़ीम गो डोंगरी से बहुत दूर माहिम में रहता था, लेकिन अगर वह चाहता तो बड़ी आसानी से 'महमूदा' को देख सकता था।

एक दिन कुलसूम ही ने उससे कहा, "आपकी उस बड़ी-बड़ी आँखों वाली

महमूदा के नसीब बहुत बुरे निकले।"

चौंक कर मुस्तक़ीम ने बेचैन लहजे में पूछा, "क्यों...? क्या हुआ?"

कुलसूम ने गिलौरी बनाते हुए कहा, "उसका ख़ाविन्द एकदम मौलवी हो गया है।"

"तो इससे क्या हुआ?"

"आप सुन तो लीजिए...हर वक़्त मज़हब की बातें करता रहता है...लेकिन बड़ी उटपटांग क़िस्म की। वज़ीफ़े करता है, चिल्ले काटता है और 'महमूदा' को मजबूर करता है कि वह भी ऐसा ही करे। फ़क़ीरों के पास घण्टों बैठा रहता है। घर बार से बिलकुल ग़ाफ़िल हो गया है...दाढ़ी बढ़ा ली है। हाथ में हर वक़्त तसबीह होती है। काम पर कभी जाता है, कभी नहीं जाता...कई-कई दिन ग़ायब रहता है...वह बेचारी कुढ़ती रहती है। घर में खाने को कुछ होता नहीं, इसलिए फ़ाके करती है। जब उससे शिकायत करती है तो आगे से जवाब यह मिलता है...फ़ाक़ाकशी अल्लाह ताला को बहुत प्यारी है।'' कुलसूम ने यह सब कुछ एक साँस में कहा।

मुस्तक़ीम ने पानदान से थोड़ी छालिया उठा कर मुँह में डाली, "कहीं दिमाग़ तो नहीं चल गया उसका?"

कुलसूम ने कहा, महमूदा का तो यही ख़याल है...ख़याल क्या, उसको यक़ीन है। गले में बड़े-बड़े मंकों वाली माला डाले फिरता है। कभी-कभी सफ़ेद रंग का चोला भी पहनता है।''

मुस्तक़ीम ने गुलौरी ले कर अपने कमरे में चला गया और आराम कुर्सी में ले कर सोचने लगा, "यह क्या हुआ...ऐसा शौहर तो वबाल-ए-जान होता है...ग़रीब किस मुसीबत में फँस गयी है। मेरा ख़याल है कि पागलपन के जरासीम उसके शौहर में शुरू ही से मौजूद होंगे जो अब एकदम ज़ाहिर हुए हैं...लेकिन सवाल यह है कि महमूदा क्या करेगी। उसका यहाँ कोई रिश्तेदार भी नहीं। कुछ शादी करने लाहौर से आये थे और वापस चले गये थे...क्या महमूदा ने अपने वालदैन को लिखा होगा? ...नहीं-नहीं, उसके माँ-बाप तो जैसा कि कुलसूम ने एक मरतबा कहा था, बचपन ही में मर गये थे। शादी उसके चचा ने की थी। डोंगरी...डोंगरी में शायद उसकी जान-पहचान का कोई हो...नहीं, जान-पहचान का कोई होता तो वह फ़ाके क्यों करती...कुलसूम क्यों न उसे अपने यहाँ ले आये...पागल हुए हो मुस्तक़ीम...होश के नाख़ून लो।"

मुस्तक़ीम ने एक बार फिर इरादा कर लिया कि वह महमूदा के मुताल्लिक़ नहीं सोचेगा। इसलिए कि उसका कोई फ़ायदा नहीं था। बेकार की मग़ज़पच्ची थी।

बहुत दिनों के बाद कुलसूम ने एक रोज़ उसे बताया कि महमूदा का शौहर जिसका नाम जमील था क़रीब-क़रीब पागल हो गया है।

मुस्तक़ीम ने पूछा, "क्या मतलब?"

कुलसुम ने जवाब दिया, ''मतलब यह कि वह रात को एक सेकण्ड के लिए नहीं सोता। जहाँ खड़ा है बस वहीं घण्टों ख़ामोश खड़ा रहता है...महमूदा ग़रीब रोती रहती है...मैं कल उसके पास गयी थी। बेचारी को कई दिन का फ़ाका था, मैं बीस रुपये दे आयी, क्योंकि मेरे पास इतने ही थे।''

मुस्तक़ीम ने कहा, "बहुत अच्छा किया तुमने...जब तक उसका ख़ाविन्द ठीक नहीं होता, कुछ-न-कुछ दे आया करो ताकि ग़रीब को फ़ाक़ों की नौबत तो न आये।"

कुलसूम ने कुछ देर के बाद अजीब-ओ-ग़रीब लहज़े में कहा, ''असल में बात कुछ और है।''

"क्या मतलब?"

"महमूदा का ख़याल है कि जमील ने महज़ एक ढोंग रचा रखा है। वह पागल-वागल हरगिज़ नहीं...बात ये है कि..."

"वह क्या?"

"वह...औरत के क़ाबिल नहीं...यह नुक़्स दूर करने के लिए वह फ़क़ीरों और संन्यासियों से टोटके लेता रहता है।"

मुस्तक़ीम ने कहा, "यह बात तो पागल होने से ज़्यादा अफ़सोसनाक है... महमूदा के लिए तो यह समझो कि शादीशुदा ज़िन्दगी एक गड्ढा बन कर रह गयी है।"

मुस्तक़ीम अपने कमरे में चला गया और बैठकर महमूदा की दुख-भरी हालत के मुताल्लिक़ सोचने लगा। "ऐसी औरत की ज़िन्दगी क्या होगी जिसका शौहर बिलकुल सिफ़र हो...कितने अरमान होंगे उसके सीने में। उसकी जवानी ने कितने कँपकपाँ देने वाली ख़्वाब देखे होंगे। उसने अपनी सहेलियों से क्या कुछ नहीं सुना होगा...कितनी नाउम्मीदी हुई होगी ग़रीब को, जब उसे चारों तरफ़ ख़ालीपन नज़र आया होगा...उसने अपनी गोद हरी होने के मुताल्लिक़ भी कई बार सोचा होगा...जब डोंगरी में किसी के यहाँ बच्चा पैदा होने की इत्तिला उसे मिलती होगी तो बेचारी के दिल पर एक घूँसा-सा लगता होगा...अब क्या करेगी...ऐसा न हो खुदकुशी कर ले...दो बरस तक उसने किसी को यह राज न बताया, मगर उसका सीना फट पड़ा। खुदा उसके हाल पर रहम करे।"

बहुत दिन गुज़र गये। मुस्तक़ीम और कुलसूम छुट्टियों में पंचगनी चले गये। वहाँ ढाई महीने रहे वापस आये तो एक महीने के बाद कुलसूम के यहाँ लड़का पैदा हुआ...वह महमूदा के यहाँ न जा सकी। लेकिन एक दिन उसकी एक सहेली जो महमूदा को जानती थी, उसको मुबारकबाद देने के लिए आयी। उसने बातों-बातों में कुलसूम ने कहा, "कुछ सुना तुमने...वह 'महमूदा' है ना, बड़ी-बड़ी आँखों वाली।"

कुलसूम ने कहा, "हाँ-हाँ...डोंगरी में रहती है।"

"ख़ाविन्द की बेपरवायी ने ग़रीब को बुरी बातों पर मजबूर कर दिया है।"

कुलसूम की सहेली की आवाज़ में दर्द था।

कुलसूम ने बड़े दुख से पूछा, "कैसी बुरी बातों में?"

"अब उसके यहाँ ग़ैर मर्दों का आना-जाना हो गया है।"

"झूठ।" कुलसूम का दिल धक-धक करने लगा।

कुलसूम की सहेली ने कहा, "नहीं, कुलसूम, मैं झूठ नहीं कहती...मैं परसों उससे मिलने गयी थी। दरवाज़े पर दस्तक देने ही वाली थी कि अन्दर से एक नौजवान मर्द जो मेमन मालूम होता था, बाहर निकला और तेज़ी से नीचे उतर गया। मैंने उससे मिलना मुनासिब न समझा और वापस चली आयी।"

"यह तुमने बहुत बुरी ख़बर सुनायी...ख़ुदा उसको गुनाह के रास्ते से बचाये रखे...हो सकता है कि वह मेमन उसके ख़ाविन्द का कोई दोस्त हो।" कुलसूम ने ख़ुद को छलते हुए कहा।

उसकी सहेली मुस्करायी, "दोस्त चोरों की तरह दरवाज़ा खोल कर भागा नहीं करते।"

कुलसूम ने अपने ख़ाविन्द से बात की तो उसे बहुत दुख हुआ। वह कभी नहीं रोया था, पर जब कुलसूम ने उसे यह अफ़सोसनाक बात बतायी कि महमूदा ने गुनाह का रास्ता इख़्तियार कर लिया है तो उसकी आँखों में आँसू आ गये। उसने उसी वक़्त तय कर लिया कि महमूदा उनके यहाँ रहेगी, चुनांचे उसने अपनी बीवी से कहा, ''यह बड़ी ख़ौफ़नाक बात है...तुम ऐसा करो, अभी जाओ और महमूदा को यहाँ ले आओ।''

कुलसूम ने बड़े रूखेपन से कहा, "मैं उसे अपने घर में नहीं रख सकती।"

"क्यों?" मुस्तक़ीम के लहजे में हैरत थी।

"बस मेरी मर्ज़ी...वह मेरे घर में क्यों रहे...इसलिए कि आपको उसकी आँखें पसन्द हैं?" कुलसूम के बोलने का अन्दाज़ बहुत ज़हरीला और तंज़िया था।

मुस्तक़ीम को बहुत गुस्सा आया, मगर पी गया। कुलसूम से बहस करना बिलकुल फुजूल था। एक सिर्फ़ यही हो सकता था कि वह कुलसूम को निकाल कर महमूदा को ले आये...मगर वह सी पेशक़दमी के मुताल्लिक़ सोच नहीं सकता था।

मुस्तक़ीम की नियत क़तअन नेक थी। उसको ख़ुद इसका एहसास था। दरअसल उसने किसी गन्दे नज़रिये से महमूदा को देखा ही नहीं था...अलबत्ता उसकी आँखें उसको वाक़ई पसन्द थीं। इतनी कि वह बयान नहीं कर सकता था।

वह गुनाह का रास्ता अख़्तियार कर चुकी थी। अभी उसने सिर्फ़ चन्द क़दम उठाये थे। उसको तबाही की मार से बचाया जा सकता था—मुस्तक़ीम ने कभी नमाज़ नहीं पढ़ी थी, कभी रोज़ा नहीं रखा था, कभी ख़ैरात नहीं दी थी...ख़ुदा ने उसको कितना अच्छा मौक़ा दिया था कि वह महमूदा को गुनाह के रास्ते से घसीट कर ले

आये और तलाक़ वग़ैरा दिलवा कर उसकी किसी और से शादी करा दे...मगर वह यह सवाब का काम नहीं कर सकता था, इसलिए कि वह बीवी का दबैल था।

बहुत देर तक मुस्तक़ीम का ज़मीर उसको बुरा-भला कहता रहा। एक-दो मरतबा उसने कोशिश की कि उसकी बीवी रज़ामन्द हो जाय, मगर जैसा कि मुस्तक़ीम को मालूम था, ऐसी कोशिशें लाहासिल थीं।

मुस्तक़ीम का ख़याल था कि और कुछ नहीं तो कुलसूम महमूदा से मिलने ज़रूर जायेगी, मगर उसको नाउम्मीदी हुई। कुलसूम ने उस रोज़ के बाद 'महमूदा' का नाम तक न लिया।

अब क्या हो सकता था...मुस्तक़ीम ख़ामोश हो गया।

क़रीब-क़रीब दो बरस गुज़र गये। एक दिन घर से निकल कर मुस्तक़ीम ऐसे ही तक़रीबन फ़ुटपाथ पर चहलक़दमी कर रहा था कि उसने क़साइयों की बिल्डिंग की ग्राउण्ड फ़्लोर की खोली के बाहर थड़े पर महमूदा की आँखों की झलक देखी। मुस्तक़ीम दो क़दम आगे निकल गया था। फ़ौरन मुड़ कर उसने ग़ौर से देखा... महमूदा ही थी। वही बड़ी-बड़ी आँखें...वह एक यहूदन के साथ, जो उस खोली में रहती थी, बातें करने में मसरूफ़ थी।

उस यहूदन को सारा माहिम जानता था। अधेड़ उम्र की औरत थी। उसका काम ऐयाश मर्दों के लिए जवान लड़कियाँ मुहयय करना था। उसकी अपनी दो जवान लड़कियाँ थीं जिनसे वह पेशा कराती थी...मुस्तक़ीम ने जब महमूदा का चेहरा निहायत ही बेहूदा तौर पर मेकअप किया हुआ देखा तो वह लरज़ उठा। ज़्यादा देर तक यह डरावना मंज़र देखने की ताब उसमें नहीं थी...वहाँ से फ़ौरन चल दिया।

घर पहुँच कर उसने कुलसूम से इस वाक़ये का ज़िक्र न किया...क्योंकि इसकी अब ज़रूरत ही नहीं रही थी। महमूदा अब मुकम्मल इस्मत फ़रोश औरत बन चुकी थी...मुस्तक़ीम के सामने जब भी उसका बेहूदा और फ़ोहश तौर पर मेकअप किया हुआ चेहरा आता तो उसकी आँखों में आँसू आ जाते। उसका ज़मीर उससे कहता, मुस्तक़ीम जो कुछ तुमने देखा है, उसके बायस तुम हो...क्या हुआ था अगर तुम अपनी बीवी की चन्द रोज़ नाराज़ी और खफ़गी बर्दाश्त कर लेते। ज़्यादा-से-ज़्यादा वह गुस्से में आ कर अपने मायके चली जाती...मगर महमूदा की ज़िन्दगी इस गन्दगी से तो बच जाती जिसमें वह इस वक़्त धँसी हुई है...क्या तुम्हारी क़िस्मत नेक नहीं थी...अगर तुम सच्चाई पर थे और सच्चाई पर रहते तो कुलसूम एक-न-एक दिन अपने आप ठीक हो जाती...तुमने बड़ा ज़ुल्म किया...बहुत बड़ा गुनाह किया।"

मुस्तक़ीम' अब क्या कर सकता था...कुछ भी नहीं। पानी सिर से गुज़र चुका था। चिड़िया सारा खेत चुग गयी थी। अब कुछ नहीं हो सकता था। मरते हुए मरीज़ को दम-ए-आख़िरी ऑक्सीजन सुँघाने वाली बात थी।

थोड़े दिनों के बाद बम्बई की फ़िज़ा साम्प्रदायिक दंगे-फ़साद की वजह से बड़ी

ख़तरनाक हो गयी। बँटवारे को ले कर मुल्क के तूल-ओ-अर्ज़ में तबाही और ग़ारतगरी का बाज़ार गर्म था। लोग धड़ाधड़ हिन्दुस्तान छोड़ कर पाकिस्तान जा रहे थे। कुलसूम ने मुस्तक़ीम को मजबूर किया कि वह भी बम्बई छोड़ दे...चुनांचेः जो पहला जहाज़ मिला उसकी सीटें बुक कराके मियाँ-बीवी कराची पहुँच गये और छोटा-मोटा कारोबार शुरू कर दिया।

ढाई बरस के बाद यह कारोबार तरक़्क़ी कर गया, इसलिए मुस्तक़ीम ने मुलाज़मत का ख़याल छोड़ दिया...एक रोज़ शाम को दुकान से उठ कर वह टहलता-टहलता सदर जा निकला...जी चाहा कि एक पान ख़ाये। बीस-तीस क़दम के फ़ासले पर उसे एक दुकान नज़र आयी जिस पर काफ़ी भीड़ थी। आगे बढ़ कर वह दुकान के पास पहुँचा...क्या देखता है कि महमूदा बैठी पान लगा रही है। झुलसे हुए चेहरे पर उसी क़िस्म का फ़ोहश मेकअप है। लोग उसे गन्दे-गन्दे मज़ाक़ कर रहे हैं और वह हँस रही है...मुस्तक़ीम के होश-ओ-हवास ग़ायब हो गये। क़रीब था कि वहाँ से भाग जाय कि महमूदा ने उसे पुकारा, "इधर आओ दूल्हा मियाँ...तुम्हें एक फ़र्स्ट क्लास पान खिलायें...हम तुम्हारी शादी में शरीक थे।"

मुस्तक़ीम बिलकुल पथरा गया।

सोनोरल

बुशरा ने जब तीसरी मर्तबा नींद की दवा सोनोरल की बत्तीस टिकियाँ खा कर ख़ुदकुशी की कोशिश की तो मैं सोचने लगा कि आख़िर यह सिलसिला क्या है—अगर मरना ही है तो संखिया मौजूद है, अफ़ीम है। इन ज़हरीली चीज़ों के अलावा और भी ज़हर हैं जो बड़ी आसानी से दस्तयाब हो सकते हैं। हर बार 'सोनोरल' ही क्यों खायी जाती है।

इसके कोई शक नहीं कि नींद की यह दवा ज़्यादा मिक़दार में खायी जाय तो मौत का बायस होती है, लेकिन बुशरा का तीन मर्तबा सिर्फ़ ऐसे ही इस्तेमाल करना ज़रूर कोई मानी रखता था—पहले मैंने सोचा, चूँकि दो मर्तबा दवा खाने से उसकी मौत नहीं हुई, इसलिए वह एहतियातन ऐसे ही इस्तेमाल करती है, और उसे अपने ख़ुदकुशी के अपने इरादे से जो असर पैदा करना होता है, मौत के इधर-उधर रह कर कर लेती है—लेकिन मैं सोचता था कि वह इधर-उधर भी हो सकती थी। यह कोई सौ फ़ी-सदी महफ़ूज़ तरीक़ा नहीं था।

तीसरी मर्तबा जब उसने बत्तीस गोलियाँ खायीं तो उसके तीसरे शौहर को, जो पी.डब्ल्यू.डी. में ओवरसियर है, सुबह साढ़े छह बजे के क़रीब पता चला कि वह फ़ालिज-ज़दा भैंस की मानिन्द बेहिसो-हरकत पलँग पर पड़ी है—उसको नींद की गोलियाँ खाये ग़ालिबन तीन-चार घण्टे हो चुके थे।

ओवरसियर साहब सख़्त परेशान और घबराये हुए मेरे पास आये--मुझे सख़्त हैरत हुई, इसलिए कि बुशरा से शादी करने के बाद वे मुझे क़अन भूल चुके थे। इससे पहले वे हर रोज़ मेरे पास आते थे और हम दोनों इकट्ठे बियर या व्हिस्की पिया करते थे।

उन दिनों वह वे ख़स्ताहाल थे—साइकिल पर दफ़्तर जाते और उसी पर घर वापस आते—मगर जब बुशरा से उनकी दोस्ती हुई और वे उससे शादी करके उसे अपने घर ये तो नक़्शा ही बदल गया। उनका भी और उनके घर का भी।

अब वे बहुत उम्दा सूट पहनते थे। सवारी के लिए मोटर भी आ गयी। घर बढ़िया-से-बढ़िया फ़र्नीचर से सज गया। रेस खेलने लगे। देसी रम की बजाय अब

स्कॉच व्हिस्की के दौर उनके यहाँ चलते थे—बुशरा भी पीनेवाली थी, इसलिए दोनों बहुत ख़ुश रहते थे।

ओवरसियर क़मर साहब की उम्र पचास बरस के लगभग होगी—बुशरा उनसे ग़ालिबन पाँच बरस बड़ी थी। किसी ज़माने में शायद उसकी शक्लो-सूरत क़ाबिले-क़बूल हो, मगर इस उम्र में वह बहुत भयानक लगती थी : चेहरे की झुर्रियोंवाली खाल पर शोख़ मेकअप, बाल काले किये हुए। बन्द-बन्द ढीला जैसे ओस में पड़ी हुई पतंग। ढलका हुआ पेट। अँगिया की क्रेनों से ऊपर उठायी हुई छातियाँ। आँखों में सुरमे की टेढ़ी-मेढ़ी लिखायी—मैंने जब भी उसको देखा, वह मुझे औरतपने का एक भद्दा कार्टून-सा दिखायी दी।

क़मर साहब ने, जैसाकि ज़ाहिर है, उसमें इसके सिवा और क्या ख़ूबी देखी होगी कि वह मालदार थी। उसका बाप पंजाब का बहुत बड़ा ज़मींदार था, जिससे विरासत में उसको बहुत-सी ज़मीनें मिली थीं। उनसे छह-सात सौ रुपया माहवार की मुस्तक़िल आमदन हो जाती थी। इसके अलावा बैंक में भी उसका दस-पन्द्रह हज़ार रुपया मौजूद था—और क़मर साहब? वे एक मामूली ओवरसियर थे। बीवी थी। छह बच्चे थे, जिनमें दो लड़के थे, जो कॉलिज में तालीम हासिल कर रहे थे—उनके घर में कंगाली-ही कंगाली थी। वैसे शौक़ीन-मिज़ाज थे और शाइर भी। शाम को शराब बहुत ज़रूरी समझते थे—इसलिए आप ख़ुद ही अन्दाज़ा कर सकते हैं कि उनके बाल-बच्चों के लिए क्या बचता होगा।

क़मर साहब ने यूँ तो यह ज़ाहिर किया कि वे बुशरा से शरई तौर पर शादी कर चुके हैं, लेकिन मुझे शक था और अब भी है कि यह महज़ एक ढोंग था—क़मर साहब बड़े होशियार और चालाक आदमी हैं। अपनी ज़िन्दगी के पचपन बरसों में न जाने कितने पापड़ बेल चुके थे। सर्दी-गर्मी चख चुके हैं, ऐसे भेड़िए हैं जो बहुत-सी बरसाते झेल चुका हो, बुशरा से शादी का झंझट पालना कैसे मंज़ूर कर सकते थे।

बुशरा से शादी करके क़मर साहब के घर की हालत बहुत हद तक सुधर गयी थी। उनकी तीन बच्चियाँ, जो सारा दिन आवारा फिरती रहती थीं, ईसाइयों के किसी स्कूल में दाख़िल करा दी गयी थीं। उनकी पहली बीवी के कपड़े भी साफ़-सुथरे हो गये थे। खाना पीना भी अब उम्दा था।

मैं ख़ुश था कि चलो, अब ठीक है; दूसरी शादी की है, कुछ बुरा नहीं हुआ; बुशरा को एक ख़ाविन्द मिल गया है, जो बासलीक़ा और होशियार है और क़मर साहब को एक ऐसी औरत मिल गयी है, जो बदसूरत सही, मगर मालदार तो है।

मगर उनका यह सिलसिला ज़्यादा देर तक क़ायम न रहा। क्योंकि एक रोज़ सुनने में आया कि उनके दरमियान बड़े ज़ोरों का झगड़ा हुआ है। नौबत यहाँ तक पहुँची कि दोनों ने काफ़ी मिक़्दार में सोनोरल खा ली। कमरे में फ़र्श पर क़मर साहब

बेहोश पड़े थे और उनकी आदरणीया पत्नी पलँग पर लाश की मानिन्द लेटी थीं।

फ़ौरन उन दोनों को हस्पताल दाख़िल कराया गया, जहाँ से वह दूसरे रोज़ ठीक-ठाक हो कर वापस आ गये। मगर अभी पन्द्रह रोज़ बमुश्किल गुज़रे होंगे कि फिर दोनों ने सोनोरल से मौज मना ली। मालूम नहीं वे हस्पताल पहुँचाये गये, या घर में उनका इलाज हुआ। बहरहाल बच गये। इसके बाद ग़ालिबन एक बरस तक उनके यहाँ ऐसा कोई हादसा पेश न आया, लेकिन एक रोज़ अलस्सुबह मुझे पता चला कि बुशरा ने सोनोरल की बत्तीस टिकियाँ खा ली हैं।

क़मर साहब सख़्त परेशान और घबराये हुए थे। उनके हवास फ़ाख़्ता थे—मैंने फ़ौरन हस्पताल टेलीफ़ोन किया और एम्बुलेंस मँगवायी। बुशरा को वहाँ पहुँचाया गया। हाउस सर्जन अपने क्वार्टर में थे। मैंने उनको वहाँ से निकाला और सारा माजरा सुना कर जल्दी हस्पताल चलने को कहा। उन पर मेरी जल्दी करने की दरख़्वास्त का कोई असर न हुआ। बड़े बेरहम अन्दाज़ में कहने लगे : "मंटो साहब, मरने दीजिए उसको...आप क्यों घबरा रहे हैं।"

उनको मालूम था कि बुशरा इससे पेशतर दो मर्तबा ज़हर खाने के सिलसिले में हस्पताल आ चुकी है—मैंने उनसे बुशरा के बारे में और कुछ न पूछा और थोड़ी देर बाद वापस घर चला आया।

मैं यह नहीं कहता कि मुझे बुशरा का राई-रत्ती मालूम नहीं था, या उसकी ज़िन्दगी के गुज़रे हुए हालात मेरे इल्म से बाहर थे—मेरी उसकी कई मर्तबा मुलाक़ात हो चुकी थी। वह मुझे 'भाई सआदत' कहती थी। उसके साथ कई दफ़ा पीने-पिलाने का इत्तफ़ाक़ भी हो चुका था।

उसकी एक लड़की परवेज़ थी। उसकी तस्वीर मैंने पहली मर्तबा उस रोज़ देखी जब वह क़मर साहब के घर में बहैसियत बीवी के आयी। नीचे दो कमरों में, सामान वग़ैरह सजाया जा रहा था। मैंने देखा कि एक क़बूल-सूरत जवान लड़की का फ़ोटो मामूली से फ्रेम में मैंटलपीस पर पड़ा है।

जब बियर का दौर चला तो मैंने बुशरा से पूछा कि यह फ़ोटो किसका है—उसने मुझे बताया कि उसकी लड़की परवेज़ का है, जिसने ख़ुदकुशी कर ली थी—मैंने जब इसकी वजह दरयाफ़्त की तो मुझे क़मर साहब और बुशरा से जो बातें मालूम हुई, उनको अगर कहानी के अन्दाज़ में बयान किया जाय तो कुछ इस क़िस्म की होंगी।

परवेज़, बुशरा की पहलौठी की लड़की थी, जो उसके पहले ख़ाविन्द से पैदा हुई। वह भी काफ़ी दौलतमन्द ज़मींदार था—वह मर गया।

मुझे दूसरे ज़रिये से मालूम हुआ कि बुशरा का यह पहला ख़ाविन्द, जिसका नाम अल्लाहबख़्श था, उससे शादी के चन्द बरसों बाद ही सख़्त नफ़रत करने लगा था क्योंकि उसकी ज़िन्दगी ही में बुशरा ने किसी और शख़्स से आँख लड़ाना शुरू कर दी थी। नतीजा यह हुआ कि बुशरा को अपने ख़ाविन्द की नफ़रतों-हिक़ारत से बचने

के लिए उससे अलग होना पड़ा। मरने पर अल्लाहबख़्श ने बुशरा को एक कौड़ी न दी, लेकिन अपनी बच्ची परवेज़ के लिए कुछ जायदाद अलग कर दी।

बुशरा ने दूसरी शादी कर ली। चूँकि तालीमयाफ़्ता और रौशन ख़याल थी, इसलिए पेशावर का एक कामयाब बैरिस्टर उसके जाल में फँस गया। इससे उसके यहाँ दो लड़के पैदा हुए, मगर इस दूसरे शौहर के साथ भी वह ज़्यादा देर तक जम के न रह सकी। चुनांचे उससे तलाक़ हासिल कर ली—दरअसल वह आज़ाद ज़िन्दगी बसर करना चाहती थी।

यह बैरिस्टर अभी तक ज़िन्दा है। दोनों लड़के, जो अब जवान हैं, उसके पास हैं—वे अपनी माँ से नहीं मिलते, इसलिए कि उसका किरदार उन्हें पसन्द नहीं।

यह तो है बुशरा की ज़िन्दगी का मुख़्तसर ख़ाका। उसकी बेटी परवेज़ की कहानी ज़रा तवील है।

उसका बचपन ज़्यादातर देहात की खुली फ़िज़ाओं में गुज़रा। बड़ी नर्मो-नाज़ुक बच्ची थी। सारा दिन सरसब्ज़ ख़ेतों में खेलती रहती। उसका हमजोली कोई भी न था। गाँव-देहात के बच्चों से मेल-जोल उसके माँ-बाप को पसन्द नहीं था। जब वह कुछ बड़ी हुई तो उसे लाहौर के एक ऐसे स्कूल के बोर्डिंग हाउस में दाख़िल करा दिया गया, जहाँ बड़े-बड़े अमीरों के बच्चे पढ़ते थे।

ज़हीन थी। तबीयत में जौहर था। जब स्कूल से निकल कर कॉलेज में दाख़िल हुई तो वह एक ख़ूबसूरत लड़की में तब्दील हो चुकी थी, जिसका बेचैन दिलो-दिमाग़ हर वक़्त किसी आइडियल की तलाश में रहता था। बहुत सुरीली थी। जब गाती तो सुननेवाले उसकी आवाज़ से मोहित हो जाते। नाच भी उसने सीखा था। नाचती तो देखनेवाले चकित हो जाते। उसके अंगों में बला की लोच थी। लोगों का कहना है कि वह नाचती तो उसके अंगों की हल्की-सी हरकत भी देखनेवालों से बातें करती थी।

बहुत भोली-भाली थी। उसमें बड़ी सादगी और सादालौही थी, जो गाँव के अक्सर बाशिन्दों में होती है। अंग्रेज़ी स्कूल में पढ़ी थी। कॉलेज में तालीम हासिल की थी—उसकी सहेलियों में बड़ी तेज़, शरीर और काइयाँ लड़कियाँ मौजूद थीं, मगर वह उन सबसे अलग थी। वह बादलों से भी ऊपर उस फ़िज़ा में रहती थी, जो बहुत नरम और साफ़-सुथरी होती है। उसको धन-दौलत की कोई परवा नहीं थी। वह एक ऐसे नौजवान के ख़्वाब देखती थी, जिसको पूजा की जगह बैठ कर उसकी सारी ज़िन्दगी इबादत में गुज़र जाय। इश्क़ो-मुहब्बत की जाय नमाज़ पर वह जीता-जागता सजदा थी।

उसकी माँ उसे एबटाबाद ले गयी तो वहाँ मर्दों और औरतों की मिली-जुली महफ़िल जुटी—परवेज़ को मजबूर किया गया कि वह अपना नाच दिखाये। उसने हाज़रीन पर निगाह दौड़ायी। एक खुशापोश पठान नौजवान दूर कोने में खड़ा था।

उसकी आँखों में चमक और चेहरे पर दमक थी। एक लम्हे के लिए परवेज़ की नज़रें उस पर रुक गयी। नौजवान ने आँखों-ही-आँखों में उससे कुछ कहा, और परवेज़, जो इनकार करनेवाली थी, सब कुछ भूल कर बड़े दिलफ़रेब अन्दाज़ में नाचने लगी।

इस दौरान उसने अपने लचकीले और गुदाज़ जिस्म के हाव-भाव से अपनी रूह के अन्दर छुपी हुई ख़्वाहिशों को एक-एक करके बाहर निकाला और उस पठान नौजवान की चकित-मोहित आँखों के सामने तरतीबबार सजा दिया।

उस नौजवान का नाम युसुफ़ ग़लज़ई था। अच्छे दौलतमन्द क़बीले का होनहार फ़र्द था। पढ़ाई पूरी करके अब बढ़-बढ़कर मुल्की सियासियात में हिस्सा ले रहा था। औरत उसके लिए अजूबा नहीं थी, लेकिन परवेज़ ने उसे मोह लिया। नतीजा इसका यह हुआ कि दोनों की शादी बड़े धूम-धड़ाके से हुई और वे मियाँ-बीवी बनकर एबटाबारद में रहने लगे—परवेज़ बहुत ख़ुश थी, इस क़दर ख़ुश कि उसका जी चाहता था, हर वक़्त नाचती रहे, हर वक़्त उसके होंटों से सुहाने और सुनने लायक़ गीत चश्मों की तरह फूटते रहें।

वह युसुफ़ था तो परवेज़ उसकी ज़ुलैख़ा थी। उसकी इबादत में दिन-रात मसरूफ़ रहती। उसने अपनी तरफ़ से उसके क़दमों में अपने तमाम तन-मन का जौहर निकाल कर डाल दिया था—इससे ज़्यादा कोई औरत क्या कर सकती है।

शुरू-शुरू में वह बहुत ख़ुश रही, इतनी ख़ुश और मसरूर कि उसे यह महसूस तक नहीं हुआ कि उसको शादीशुदा ज़िन्दगी बसर करते हुए पूरे तीन बरस गुज़र चुके हैं। उसके एक बच्ची हुई थी, मगर वह अपने यूसुफ़ की मुहब्बत में इस क़दर डूबी हुई थी कि वह कभी-कभी उसके वजूद से बिलकुल ग़ाफ़िल हो जाती थी।

अजीब बात है कि जब यह लड़की पैदा हुई तो उसने यह महसूस किया कि उसके पेट से बच्चे के बजाय युसूफ़ निकला है, उसकी मुहब्बत ने उसको जन्म दिया है—इससे आप परवेज़ की बेपनाह मुहब्बत का अन्दाज़ा लगा सकते हैं।

लेकिन उसके शौहर के क़दम साबित न रहे। वह सुभाव से ऐशपरस्त था। वह मिस्री की मक्खी की तरह नहीं, शहद की मक्खी की तरह बाग़ की हर कली का रस चूसना चाहता था। चुनांचे करवट बदली और परवेज़ की मुहब्बत की ज़ंजीरें तोड़ने के बाद वह फिर अपने पहले की कारगुज़ारियों में जुट गया।

उसके पास दौलत थी, जवानी थी। पुरकशिश शख़्सियत का मालिक था। मुल्की सियासियात में सरगर्म हिस्सा लेने की वजह से उसका नाम दिन-ब-दिन रौशन हो रहा था। उसको परवेज़ की वालेहाना मुहब्बत यकसू जहालत पर टिकी दिखायी दी। वह उससे उकता गया। हर वक़्त की चूमा-चाटी, मिनट-मिनट की भींचा-भाँची उसको सख़्त खलने लगी। वह नहीं चाहता था कि परवेज़ उसे मकड़ी की तरह अपनी मुहब्बत के जाले में क़ैद कर ले, जहाँ वह सूख-साख जाय। इसके बाद वह उसे चूरे में तब्दील करके नसवार के तौर पर इस्तेमाल करना शुरू कर दे।

परवेज़ को जब मालूम हुआ कि यूसुफ़ सालिम-का-सालिम उसका नहीं है तो उसे सख़्त सदमा लगा। कई दिनों तक वह इसकी वजह से गुमसुम और निढाल रही। उसको यूँ महसूस हुआ कि उसके आइडियल को हथौड़ों की ज़ालिम चोटों ने चकनाचूर करके ढेर कर दिया है।

उसने यूसुफ़ से कुछ न कहा। उसकी बेपरवाही और बेवफ़ाइयों का कोई गिला न किया। वह कोई पुख़्ता फ़ैसला करना चाहती थी। लम्बे अर्से तक तन्हाइयों में रह कर उसने हालात पर ग़ौर किया। यूसुफ़ से छुटकारा हासिल करना कोई मुश्किल काम नहीं था, लेकिन वह उसकी जुदाई बरदाश्त नहीं कर सकती थी। उसको पूजा की जगह बैठाने वाली वह खुद थी। ख़ुदा को उसका बन्दा कैसे रद्द कर सकता है, जबकि वह एक बार सच्चे दिल से उसकी ख़ुदाई तस्लीम कर चुका है, उसके सामने हर वक़्त सजदे में झुका रहा है।

उसने फ़ैसला कर लिया कि वह यूसुफ़ के नहीं, सिर्फ़ अपने उस जज़्बे की ख़ातिर, जिसने यूसुफ़ को ख़ुदाई का रुतबा बख़्शा था, हमेशा-हमेशा के लिए उसके साथ रहेगी। वह इसके लिए बड़ी-से-बड़ी क़ीमत देने के लिए भी तैयार थी।

कहा जाता है कि उस बेचारी ने यूसुफ़ की आगोश के लिए हर उस औरत के लिए आसानियाँ पैदा कीं, जो उसमें थोड़ी देर के लिए हरारत महसूस करना चाहती थी। यह बड़ी बेग़ैरती थी, मगर उसने अपने टूटे हुए आइडियल को मुकम्मल तौर पर टूटने से बचाने की ख़ातिर भाग निकलने का यह अजीबो-ग़रीब रास्ता अख़्तियार किया और हर क़िस्म की बेग़ैरती बरदाश्त की।

वह उसकी चन्द रोज़ा महबूबाओं से बड़े प्यार और मुहब्बत से पेश आती। उनकी ख़ातिर-तवाज़ो करती। उनकी आबरू लुटाने वाली चंचलता को सर-आँखों पर रखती, और उनको और अपने ख़ाविन्द को ऐसे-ऐसे मौक़े पेश करती कि उसकी मौजूदगी उनके ऐशो-इशरत में रूकावट न बने।

उन औरतों के लिए अपने सीने पर पत्थर रख कर वह क़िस्म-क़िस्म के खाने तैयार करती। उसका ख़ाविन्द उन वाहियात औरतों को खुश रखने के लिए जब उसे हुक्म देता कि नाचे और गाये तो, वह ज़ब्त से काम ले कर किसी भी लम्हे बरस पड़नेवाली भीगी आँखें ख़ुश्क करती, ज़ख़्मी दिल पर फाहे लगाती, ग़मो-गुस्से से काँपते हुए होंटों पर झूठी मुस्कराहटें पैदा करती, मस्ती और खुशी से भरे हुए गीत गाती और बड़े लुभावने अन्दाज़ में रक़्स करती। इसके बाद वह तन्हाई में इस क़दर रोती, इस क़दर आहें भरती कि उसे महसूस होता कि वह अब नहीं जियेगी। मगर ऐसे तूफ़ान के बाद उसमें बरदाश्त की एक नयी क़ूवत पैदा हो जाती और वह यूसुफ़ की दलाली में अपना मुँह काला करना शुरू कर देती और ख़ुद को यक़ीन दिलाने की कोशिश करती कि वह कालिख नहीं, ख़ुशरंग ग़ाज़ा है।

इस दौरान उसकी माँ उससे मिलने के लिए कई मर्तबा आ चुकी थी, मगर उसने

अपने ख़ाविन्द के बारे में उससे कभी शिकायत नहीं की थी। वह अपने राज़ या दुख में किसी को शरीक नहीं करना चाहती थी। इन हालात में भी वह अपने ख़ाविन्द के साथ किसी और को किसी तरीक़े से भी बाबस्ता देखना पसन्द नहीं करती थी। वह यह सोचती कि ख़ाविन्द मेरा है, और वह दुख भी मेरा है, जो वह मुझे पहुँचा रहा है; वह अगर दूसरी औरतों को भी इसी क़िस्म का दुख पहुँचाये तो मुझे जलन होगी, लेकिन वह ऐसा नहीं करता, इसलिए मैं ख़ुश हूँ...

बुशरा उन दिनों फ़ारिग़ थी, यानी उसने कोई नया शौहर नहीं किया हुआ था। उसका वक़्त सैरो-तफ़रीह में गुज़र रहा था। दस-पन्द्रह दिन एबटाबाद में परवेज़ के साथ रहती, यूसुफ़ के साथ इधर-उधर घूमती-फिरती। दोनों एक-दूसरे को पसन्द करते थे—जब बुशरा आती तो दूसरी औरतों से मुलाक़ात का सिलसिला छूट जाता। दोनों घण्टों अलहदा कमरे में बैठे ताश खेलते रहते और परवेज़ उनकी ख़ातिर-तवाज़ो में मसरूफ़ रहती—वह चाहती थी कि उसकी माँ ज़्यादा देर तक उसके पास ठहरे ताकि सोसाइटी की उन औरतों का, जो चकले की रण्डियों से भी बदतर हैं, उस घर में दाख़िला बन्द रहे, मगर उसकी माँ एक जगह बहुत अर्से तक टिक कर नहीं रह सकती थी। जब वह चली जाती तो दूसरे-तीसरे रोज़ यूसुफ़ फिर अपनी पुरानी डगर अख़्तियार कर लेता—परवेज़ दूसरा रूप धर लेती और अपने ख़ाविन्द की नित नयी सहेलियों के क़दमों के आगे बिछ जाती।

उसने उस ज़िन्दगी को आहिस्ता-आहिस्ता अपना लिया था। अब उसे ज़्यादा कोफ़्त नहीं होती थी। उसने ख़ुद को समझा-बुझा कर राज़ी कर लिया था कि अपनी ज़िन्दगी के ड्रामे में उसे वही रोल अदा करना था, जो वह कर रही है। चुनांचे उसके दिलो-दिमाग़ से वह मैलापन जो पहले पहल बहुत तकलीफ़देह था, क़रीब-क़रीब धुल गयी था—वह ख़ुश रहती थी और अपनी नन्हीं बच्ची की तरफ़ ज़्यादा तवज्जो देने लगी थी।

एक दिन उसे किसी ज़रूरी काम से अचानक लाहौर जाना पड़ा—दो दिन के बाद लौटी तो शाम का वक़्त था। यूसुफ़ का कमरा बन्द था, मगर उसमें से उसके नशीले क़हक़हों की आवाज़ सुनाई दे रही थी—परवेज़ ने दरवाज़े की एक दरज़ से अन्दर झाँक कर देखा और सिर से पैर तक काँप गयी—उसका प्याज़ी रंग एकदम काग़ज़ के मानिन्द बेजान सफ़ेदी अख़्तियार कर गया।

ये सारे वाक़ियात मुझे बड़े भरोसे-लायक़ ज़रिये से मालूम हुए। बुशरा ने मुझे जो कुछ बताया, उससे मुख़्तलिफ़ था—उसका बयान है कि परवेज़ दिल-ही-दिल में कुढ़-कुढ़कर अपनी जान से बेज़ार हो गयी थी। उसने यूसुफ़ की ख़ातिर बड़ी-से-बड़ी ज़िल्लत क़बूल करना गवारा तो कर लिया था, मगर इसकी भी एक हद होती है। एक रात यूसुफ़ ने शराब के नशे में बदमस्त अपनी किसी चहेती को आग़ोश में लिए परवेज़ से कहा कि वह नाचे और नंगी नाचे। वह उसके किसी हुक्म को नहीं टालती

थी। यूसुफ़ उसका ख़ुदा था। चुनांचे उसने उसके हुक्म की तामील की। आँखों से आँसू बह रहे थे और उसका नंगा बदन थिरक रहा था—नाच ख़त्म हुआ तो उसने ख़ामोशी से कपड़े पहने और बाहर निकल कर ज़हर खा लिया और मर गयी।

मालूम नहीं, हक़ीक़त क्या थी, लेकिन जो कुछ भरोसे-क़ाबिल जरिये से मालूम हुआ, यह है कि जब परवेज़ ने यूसुफ़ के कमरे में झाँक कर देखा तो उसने उसी वक़्त फ़ैसला कर लिया कि वह ज़िन्दा नहीं रहेगी। चुनांचे उसी वक़्त वह मोटर में सीधी एक केमिस्ट की दुकान पर गयी और उससे 'सोनोरल' की पूरी डिबिया की। क़ीमत अदा करने लगी तो उसे मालूम हुआ कि अफ़रातफ़री के आलम में वह अपना पर्स वहीं घर भूल आयी है। चुनांचे उसने केमिस्ट से कहा : "मैं मिसेज़ यूसुफ़ ग़लज़ई हूँ। पर्स साथ नहीं लाई हूँ। बिल भिजवा दीजिएगा। यूसुफ़ साहब अदा कर देंगे!"

घर आ कर उसने नौकरानी को डिबिया की सारी गोलियाँ दीं और उससे कहा : "अच्छी तरह पीस के लाओ..." यह चूरा उसने गर्म-गर्म दूध में डाला और पी गयी।

थोड़ी देर बाद एक नौकर आया और उसने परवेज़ से कहा : "आपकी वालिदा आयी हैं। यूसुफ़ साहब आपको बुलाते हैं।"

परवेज़ की आँखें ख़ुश्क थीं, मगर उनमें नींद भरी थी, इसलिए कि ज़हर का असर शुरू हो गया था—मुँह धो कर और बाल सँवार कर वह अन्दर गयी। अपनी माँ से बग़लगीर हुई और यूसुफ़ के साथ कालीन पर बैठ गयी। माँ से बातें करते-करते एकदम परवेज़ को चक्कर आया और वह बेहोश हो कर एक तरफ़ लुढ़क गयी—माँ ने बेचैनी ज़ाहिर की, क्योंकि उसकी बच्ची का रंग नीला हो रहा था, मगर यूसुफ़ ने, जो नशे में चूर था, किसी क़िस्म के तरद्दुद का इज़हार न किया और बुशरा से कहा : "कुछ भी नहीं हुआ इसे...बन रही है।" फिर उसने बड़े ज़ोर से परवेज़ का कन्धा पकड़कर झँझोड़ा और हाकिमाना अन्दाज में कहा : "उठ, मुझे यह ऐक्टिंग पसन्द नहीं।"

बुशरा ने भी उसको आवाज़ें दीं। उसको हिलाया-डुलाया। आख़िर डॉक्टर को बुलाया गया, मगर वह जब आया तो परवेज़ अल्लाह को प्यारी हो चुकी थी।

परवेज़ की ख़ुदकुशी के मुताल्लिक़ कई क़िस्से मशहूर हैं, लेकिन उसका जो पहलू मुझे मालूम हुआ था, मेरी समझ में आ गया था, इसलिए मैं ख़ामोश रहा और इन्तज़ार करता रहा कि उसकी तस्दीक़ कब होती है।

क़मर साहब, बुशरा को हस्पताल से वापस लाये तो मैं उनसे मिला—उनके पास अब मोटर नहीं थी। मैंने इस बारे में पूछ-ताछ की तो उन्होंने शाइराना बेपरवाही अख़्तियार करते हुए जवाब दिया : "जिसकी थी, ले गयी।"

मैंने पूछा : "क्या मतलब?"

जवाब मिला : "मतलब यह कि मोटर मेरी कब थी। वह तो उन मुहतरमा की

थी। मैंने कुछ अर्से से उसका इस्तेमाल बन्द कर दिया था। अपनी साइकिल पर दफ़्तर जाता और उसी पर वापस आता था। हाँ, जब उनको ज़रूरत होती तो मैं ड्राइवर के फ़र्ज़ अदा करता था।"

मैं कुछ-कुछ समझ गया : "क्या अनबन हो गयी?"

"हाँ, कुछ ऐसा ही समझिए...मैंने उनको तलाक़ दे दी है।"

बाद में मुझे जब क़मर साहब के साथ तफ़सील से बातें करने का मौक़ा मिला तो उन्होंने मुझे बताया कि निकाह-विकाह कोई नहीं हुआ था। तलाक़नामा उन्होंने सिर्फ़ इसलिए लिखा कि लोगों में यह बात न फैले कि वह ग़ैरशरई तौर पर उनके साथ क़रीब-क़रीब दो बरस रहीं।

मैं ज़्यादा तफ़्सील में जाना नहीं चाहता। उनके दरमियान जो फ़ैसलाकुन लड़ाई-झगड़ा हुआ, उसकी वजह यह थी कि बक़ौल क़मर साहब उनकी मुहतरमा ने हैदराबाद के एक अधेड़ उम्र के मुहाजिर रईस से जिस्मानी रिश्ता क़ायम कर लिया था, इसलिए कि उनके लिए क़मर साहब में वह कशिश ख़त्म हो गयी थी, जो किसी ज़माने में उनको नज़र आती थी, बल्कि यूँ कहिए कि जिसको देख कर उनकी आँखें चुँधिया गयी थीं।

मुझे अफ़सोस हुआ, इसलिए कि बाद में मुझे पता चला कि क़मर साहब ने अपनी तीनों होनहार बच्चियों को स्कूल से उठा लिया है; अब ख़ुद गोल्ड फ़्लेक के बदले सस्ते सिगरेट पीते हैं; पहले तफ़रीह के इतने सामान थे, पर अब बेलगाम ऊँट की तरह बेमतलब इधर-उधर चक्कर लगाते रहते हैं।

मुहतरमा बुशरा के बारे में उन्होंने मुझे बहुत-कुछ बताया, लेकिन मैं यह न समझ सका कि जब अलग होने का फ़ैसला हो चुका था और हैदराबाद के मुहाजिर रईस साहब ने बुशरा के साथ बाक़ायदा रातें गुज़ारना शुरू कर रखीं थीं तो उनको 'सोनोरल' की बत्तीस गोलियाँ खा कर ख़ुदकुशी की ज़रूरत क्यों महसूस हुई। बज़ाहिर यह ख़तरनाक काम क़मर साहब के उस ऐतराज़ का रिऐक्शन मालूम होता है, जो उनको बुशरा के चाल-चलन पर था; लेकिन ईमान की बात है कि मुझे इसके पीछे ऐसी कोई दिल तोड़ने वाली मुश्किल नज़र नहीं आती, जो इंसान को मौत की गोद में सो जाने पर मजबूर कर दे—इस पर क़मर साहब भी कोई रौशनी डालने से इनकार करते है।

एक दिन बातों-बातों में उनसे मैं आख़िर पूछ ही बैठा : "सोनोरल खाने की रिवायत जो बुशरा की बेटी परवेज़ ने क़ायम की, आपने और बुशरा ने जारी रखी ...लेकिन आप यह बताइए कि वह कौन-सी वजह थी, जिसने उस ग़रीब परवेज़ को इतना ख़तरनाक क़दम उठाने के लिए तैयार कर दिया। आप कई बार मुझे बता चुके हैं कि परवेज़ अपने शौहर यूसुफ़ ग़लज़ई की हरामकारियों की आदी हो चुकी थी, बल्कि वह ख़ुद उसकी मदद करती थी...कोई औरत जब बरबादी के कगार को पहुँच

जाती है, फिर उसको खुदकुशी का ख़याल तक भी नहीं आ सकता...मेरा अपना ख़याल है, बल्कि यक़ीन है कि परवेज़ की माँ बुशरा ने, जिसे आप मुहतरमा कहते है, यूसुफ़ से ऐसे ताल्लुक़ात पैदा कर लिये थे, जिन्हें आम लोग नाजाइज़ कहते हैं..."

क़मर साहब ने सिर्फ़ इन अल्फ़ाज़ में मेरी तस्दीक़ की : "यह बिलकुल दुरुस्त है...एक दिन शराब के नशे में बुशरा ने इसका इक़रार किया था, और बहुत रोयी थी।"

उस दिन शाम को मालूम हुआ कि हैदराबाद के मुजाहिर रईस साहब ने सोनोरल की चौबीस गोलियाँ खा ली हैं। बुशरा ने हस्बे-मामूल बत्तीस खायी थीं। दोनों हस्पताल में बेहोश पड़े थे—दूसरे रोज़ रईस अल्लाह को प्यारे हो गये। चौबीस ही में उनका काम तमाम हो गया, मगर बुशरा बच गयी।

आजकल वह मरहूम का सोग मना रही है—जिस शख़्स के पास उसने मोटर बेची थी, वह दिन-रात उसके पास दिलजोई के लिए मौजूद रहता है।

सरकण्डों के पीछे

कौन-सा शहर था। इसके मुताल्लिक़ जहाँ तक मैं समझता हूँ, आपको मालूम करने और मुझे बताने की कोई ज़रूरत नहीं। बस इतना ही कह देना काफ़ी है कि वह जगह जो इस कहानी से मुताल्लिक़ है पेशावर के आस-पास थी। सरहद के क़रीब। और जहाँ वह औरत रहती थी उसका घर झोपड़ानुमा था—सरकण्डों के पीछे।

घनी बाड़-सी थी, जिसके पीछे उस औरत का मकान था। कच्ची मिट्टी का बना हुआ, चूँकि यह बाड़-से कुछ फ़ासले पर था, इसलिए सरकण्डों के पीछे छिप सा गया था कि बाहर कच्ची सड़क पर से गुज़रने वाला कोई भी उसे देख नहीं सकता था।

सरकण्डे बिलकुल सूखे हुए थे, मगर वे कुछ इस तरह ज़मीन पर गड़े थे कि एक घना पर्दा बन गये थे। मालूम नहीं उस औरत ने ख़ुद वहाँ लगाये थे या पहले ही से मौजूद थे। बहरहाल कहना यह है कि वे लोहे के पर्दे जैसे थे।

मकान कह लीजिए, या मिट्टी का झोंपड़ा, सिर्फ़ छोटी-छोटी तीन कोठरियाँ थीं, मगर साफ़ सुथरी। सामान मुख़्तसर था, मगर अच्छा। पिछले कमरे में एक बहुत बड़ा निवाड़ी पलँग था। उसके साथ एक ताक़चा था जिसमें सरसों के तेल का दिया रात भर जलता रहता था—मगर यह ताक़चा भी साफ़-सुथरा रहता था। और वह दिया भी जिसमें हर रोज़ नया तेल और बत्ती डाली जाती थी।

अब मैं आपको उस औरत का नाम बता दूँ जो इस मुख़्तसर-से मकान में, जो सरकण्डों के पीछे छिपा रहता था, अपनी जवान बेटी के साथ रहती थी।

मुख़्तलिफ़ रवायतें हैं। बाज़ लोग कहते हैं कि वह उसकी बेटी नहीं थी। एक यतीम लड़की थी जिसको उसने बचपन से गोद ले कर पाल-पोस कर बड़ा किया था। बाज़ कहते हैं कि वह उसकी नाजायज़ लड़की थी। कुछ ऐसे भी हैं जिनका ख़याल है कि वह उसकी सगी बेटी थी—हक़ीक़त जो कुछ भी है, उसके मुताल्लिक़ भरोसे से कुछ कहा नहीं जा सकता। यह कहानी पढ़ने के बाद आप ख़ुद-ब-ख़ुद कोई राय क़ायम कर लीजिएगा।

देखिए मैं आपको उस औरत का नाम बताना भूल गया...बात असल में ये है कि उसका नाम कोई अहमियत नहीं रखता। उसका नाम आप कुछ भी समझ

लीजिए, सकीना, महताब, गुलशन या कोई और। आख़िर नाम में क्या रखा है। लेकिन आपकी सहूलत की ख़ातिर मैं उसे 'सरदार' कहूँगा।

यह सरदार अधेड़ उम्र की औरत थी। किसी ज़माने में यक़ीनन ख़ूबसूरत होगी। उसके सुर्ख़ और सफ़ेद गालों पर गो किसी क़दर झुरियाँ पड़ गयीं थीं, मगर फिर भी वह अपनी उम्र से कई बरस छोटी दिखायी देती थी। मगर हमें उसके गालों से कोई ताल्लुक़ नहीं।

उसकी बेटी (मालूम नहीं वह उसकी बेटी थी या नहीं) शबाब का बड़ा दिलकश नमूना थी। उसके नख-शिख में ऐसी कोई चीज़ नहीं थी जिससे यह नतीजा निकालन किया जा सके कि वह फ़ाहशा है। लेकिन यह हक़ीक़त है कि उसकी माँ उससे पेशा कराती थी और ख़ूब दौलत कमा रही थी। और यह भी हक़ीक़त है कि उस लड़की को, जिसका नाम फिर आपकी सहूलत की ख़ातिर नवाब रखे देता हूँ, इस पेशे से नफ़रत नहीं थी। असल में, उसने आबादी से दूर एक ऐसे मुक़ाम पर परवरिश पायी थी कि उसको सही शादी-शुदा ज़िन्दगी का कुछ पता नहीं था। जब 'सरदार' ने उससे पहला मर्द का बिस्तर पर (उस निवाड़ी पलँग पर) परिचय कराया तो ग़ालबन उसने यह समझा कि तमाम लड़कियों की जवानी का आग़ाज़ कुछ इसी तरह होता है। चुनांचे वह अपनी इस क़सबियाना ज़िन्दगी से हिल गयी थी और वे मर्द जो दूर-दूर से चल कर उसके पास आते थे और उसके साथ इस बड़े निवाड़ी पलँग पर लेटते थे, उसने समझा था कि यही उसकी ज़िन्दगी का शिखर है।

यूँ तो वह हर लिहाज़ से एक फ़ाहशा औरत थी। उन मायनों में जिनमें हमारी शरीफ़ और पाक-साफ़ औरतें ऐसी औरतों को देखती हैं, मगर सच पूछिए तो उसको इस बात का क़तअन एहसास न था कि वह गुनाह की ज़िन्दगी बसर कर रही है—वह इसके मुताल्लिक़ ग़ौर भी कैसे कर सकती थी जबकि उसको इसका मौक़ा ही नहीं मिला था।

उसके जिस्म में छल-कपट नहीं था। वह हर मर्द को जो उसके पास हफ़्ते-डेढ़-हफ्ते के लम्बे फ़ासले तय करके आता था, अपना आप सिपुर्द कर देती थी। इसलिए कि वह समझती थी कि हर औरत का यही काम है। और वह उस मर्द की हर ख़ुशी, उसके हर आराम का ख़याल रखती थी। वह उसकी कोई नन्हीं-सी तकलीफ़ भी बर्दाश्त नहीं कर सकती थी।

उसको शहर के लोगों के तकल्लुफ़ात का इल्म नहीं था। वह यह क़तअन नहीं जानती थी कि जो मर्द उसके पास मोटरों में आते हैं, सुबह-सबेरे अपने दाँत ब्रुश से साफ़ करने के आदी हैं और आँखें खोल कर सबसे पहले बिस्तर में चाय की एक प्याली पीते हैं, फिर हाजत रफ़ा करने के लिए जाते हैं। मगर उसने आहिस्ता-आहिस्ता बड़े अल्हड़ तरीके पर उन मर्दों की आदतों से कुछ वाक़फ़ियत हासिल कर ली थी। पर उसे बड़ी उलझन होती थी कि सब मर्द एक तरह के नहीं होते थे। कोई

सुबह-सबेरे उठ कर सिगरेट माँगता था, कोई चाय और बाज़ ऐसे भी होते जो उठने का नाम ही नहीं लेते थे। कुछ सारी रात जागते रहते और सुबह मोटर में सवार हो कर भाग जाते थे।

सरदार बेफ़िक्र थी। उसको अपनी बेटी पर, या जो कुछ भी वह थी, पूरा भरोसा था कि वह अपने ग्राहकों को सँभाल सकती है, इसलिए वह अफ़ीम की एक गोली खा कर खाट पर सोयी रहती थी। कभी-कभार जब उसकी ज़रूरत पड़ती...मिसाल के तौर पर जब किसी ग्राहक की तबीयत ज़्यादा शराब पीने से एकदम ख़राब हो जाय, तो वह गुनूदगी के आलम में उठकर नवाब को हिदायत दे देती थी कि उसको अचार खिला दे, या कोशिश करे कि वह नमक-मिला गर्म-गर्म पानी पी कर कै कर दे और बाद में थपकियाँ दे कर सुला दे।

सरदार इस मुआमले में बड़ी पक्की थी कि ज्यों ही कोई गाहक आता वह उसे नवाब की फ़ीस पहले ही वसूल करके अपने नेफ़े में महफ़ूज़ कर लेती थी और अपने ख़ास अन्दाज़ में दुआयें दे कर, कि तुम आराम से झूले झूलो, अफ़ीम की एक गोली डिबिया में से निकाल कर मुँह में डाल कर सो जाती।

जो रुपया आता उसकी मालिक सरदार थी। लेकिन जो तोहफ़े बग़ैर वसूल होते वे नवाब ही के पास रहते थे। चूँकि उसके पास आने वाले लोग दौलतमन्द होते, इसलिए वह बढ़िया-से-बढ़िया कपड़ा पहनती और क़िस्म-क़िस्म के फल और मिठाइयाँ खाती थी।

वह ख़ुश थी—मिट्टी से लिपे-पुते उस मकान में जिसमें सिर्फ़ तीन छोटी-छोटी कोठरियाँ थीं, वह अपनी दानिस्त के मुताबिक बड़ी दिलचस्पी और ख़ुशगवार ज़िन्दगी बसर कर रही थी—एक फ़ौजी अफ़सर ने उसे ग्रामोफ़ोन और बहुत-से रिकॉर्ड ला दिये थे। फ़ुर्सत के वक़्त वह उनको बजा-बजा कर फ़िल्मी गाने सुनती और उनकी नकल उतारने की कोशिश किया करती थी—उसके गले में कोई रस नहीं था, मगर शायद वह इससे बेख़बर थी...सच पूछिए तो उसको किसी बात की भी ख़बर नहीं थी और न उसको इस बात की ख़्वाहिश थी कि वह किसी चीज से बाख़बर हो। जिस रास्ते पर वह डाल दी गयी थी, उसको उसने क़ुबूल कर लिया था। बड़ी बेख़बरी के आलम में।

सरकण्डों के उस पार की दुनिया कैसी है? इसके मुताल्लिक़ वह कुछ नहीं जानती थी, सिवा इसके कि एक कच्ची सड़क है, जिस पर हर दूसरे-तीसरे दिन एक मोटर धूल उड़ाती हुई आती है और रुक जाती है। हॉर्न बजता है। उसकी माँ या जो कोई भी वह थी, खटिया पर से उठती है और सरकण्डों के पास जा कर मोटर वाले से कहती है कि मोटर ज़रा दूर खड़ी करके अन्दर आ जाय और वह अन्दर आ जाता है और निवाड़ी पलँग पर उसके साथ बैठकर मीठी-मीठी बातों में मशग़ूल हो जाता है।

उसके यहाँ आने जाने वालों की तादाद ज़्यादा नहीं थी। यही पाँच-छह होंगे। मगर ये पाँच-छह मुस्तक़िल गाहक थे और 'सरदार' ने कुछ ऐसा इन्तज़ाम कर रखा था कि उनका बाहम तसादुम न हो। बड़ी होशियार औरत थी...वह हर गाहक के लिए ख़ास दिन मुक़र्रर कर देती और ऐसे सलीक़े से कि किसी को शिकायत का मौक़ा न मिलता था।

इसके अलावा ज़रूरत के वक़्त वह इसका भी इन्तज़ाम करती रहती कि नवाब माँ न बन जाय। जिन हालात में नवाब अपनी ज़िन्दगी गुज़ार रही थी, उनमें उसका माँ बन जाना यक़ीनी था। मगर सरदार दो-ढाई बरस से बड़ी कामयाबी के साथ इस कुदरती ख़तरे से निपट रही थी।

सरकण्डों के पीछे यह सिलसिला दो-ढाई बरस से बड़े हमवार तरीक़े पर चल रहा था। पुलिस वालों को बिलकुल इल्म नहीं था। बस सिर्फ़ वही लोग जानते थे जो वहाँ जाते थे। या फिर 'सरदार' थी और उसकी बेटी नवाब, या जो कोई भी वह थी।

सरकण्डों के पीछे, एक दिन मिट्टी के उस मकान में एक इन्क़लाब पैदा हो गया। एक बहुत बड़ी मोटर जो ग़ालिबन डाज थी वहाँ आ के रुकी। हॉर्न बजा। सरदार बाहर आयी तो उसने देखा, कोई अजनबी है। उसने उससे कोई बात न की। अजनबी ने भी उससे कुछ न कहा। मोटर दूर खड़ी करके वह उतरा और सीधा उनके घर में गया जैसे बरसों का आने-जाने वाला है।

सरदार बहुत सिटपिटायी, लेकिन दरवाज़े की दहलीज़ पर नवाब ने उस अजनबी का बड़ी प्यारी मुस्कराहट से ख़ैर मक़दम किया और उसे उस कमरे में ले गयी जिसमें निवाड़ी पलँग था। दोनों उस पर साथ-साथ बैठे ही थे कि सरदार आ गयी...होशियार औरत थी। उसने देखा कि अजनबी किसी दौलतमन्द घराने का आदमी है। खुश शक्ल है, सेहतमन्द है। उसने अन्दर कोठरी में दाख़िल हो कर सलाम किया और पूछा, "आपको इधर का रास्ता किसने बताया?"

अजनबी मुस्कराया और बड़े प्यार से नवाब के गोश्त-भरे गालों में अपनी उँगली चुभो कर कहा, "इसने?"

नवाब तड़प कर एक तरफ़ हट गयी, एक अदा के साथ कहा, "हाय...मैं तो कभी तुमसे मिली भी नहीं।"

अजनबी की मुस्कराहट उसके होंटों पर और ज्यादा फैल गयी, "हम तो कई बार तुमसे मिल चुके हैं।"

नवाब ने पूछा, "कहाँ...कब?" हैरत के आलम में उसका छोटा-सा मुँह कुछ इस तौर पर हुआ कि उसक़े चेहरे की दिलकशी में इज़ाफ़ा हो गया।

अजनबी ने उसका गुदगुदा हाथ पकड़ लिया और सरदार की तरफ़ देखते हुए कहा, "तुम ये बातें अभी नहीं समझ सकतीं...अपनी माँ से पूछो।"

नवाब ने बड़े भोलेपन के साथ अपनी माँ से पूछा कि यह शख़्स उससे कब और कहाँ मिला था। सरदार सारा मामला समझ गयी कि वे लोग जो उसके यहाँ आते हैं, उनमें से किसी ने उससे नवाब का ज़िक्र किया होगा और सारा अता-पता दिया होगा। चुनांचे उसने नवाब से कहा, "मैं बता दूँगी तुम्हें।"

और यह कह कर वह बाहर चली गयी। खटिया पर बैठ कर उसने डिबिया में से अफ़ीम की गोली निकाली और लेट गयी। वह मुतमईन थी कि आदमी अच्छा है। गड़बड़ नहीं करेगा।

भरोसे के साथ इस बारे में कुछ कहा नहीं जा सकता, लेकिन यक़ीन यही है कि अजनबी जिसका नाम हैबत ख़ान था और जिला हज़ारा का बहुत बड़ा रईस था, नवाब के अल्हड़पन से इस क़दर मुतास्सिर हुआ कि उसने रुख़सत होते वक़्त सरदार से कहा कि आयन्दा नवाब के पास और कोई न आया करे। सरदार होशियार औरत थी। उसने हैबत ख़ान से कहा, "ख़ान साहब, यह कैसे हो सकता है...क्या आप इतना रुपया दे सकेंगे कि..."

हैबत ख़ान ने सरदार की बात काट कर जेब में हाथ डाला और सौ-सौ के नोटों की एक मोटी गड्डी निकाली और नवाब के क़दमों में फेंक दी। फिर उसने अपनी हीरे की अँगूठी उँगली से निकाली और नवाब को पहना कर तेज़ी से सरकण्डों के उस पार चला गया।

नवाब ने नोटों की तरफ़ आँख उठा कर भी न देखा। बस देर तक अपनी सजी हुई उँगली को देखती रही जिस पर काफ़ी बड़े हीरे से रंग-बिरंगी किरनें फूट रही थीं। मोटर स्टार्ट हुई और धूल उड़ाती चली गयी। इसके बाद वह चौंकी और सरकण्डों के पास आयी, मगर अब गर्द-ओ-गुबार के सिवा सड़क पर कुछ नहीं था।

सरदार नोटों की गड्डी उठा कर उन्हें गिन चुकी थी। एक नोट और होता तो पूरे दो हज़ार थे। मगर उसको इसका अफ़सोस नहीं था। सारे नोट उसने अपनी घेरेदार शलवार के नेफ़े में बड़ी सफ़ाई से उड़से और नवाब को छोड़ कर अपनी खटिया की तरफ़ बढ़ी और डिबिया में से अफ़ीम की एक बड़ी गोली निकाल कर उसने मुँह में डाली और बड़े इत्मीनान से लेट गयी और देर तक सोती रही।

नवाब बहुत ख़ुश थी। बार-बार अपनी उस उँगली को देखती थी जिसमें हीरे की अँगूठी पड़ी थी...तीन-चार रोज़ गुज़र गये। इस दौरान में उसका एक पुराना गाहक आया जिससे सरदार ने कह दिया कि पुलिस का ख़तरा है, इसलिए उसने यह धन्धा बन्द कर दिया है। यह गाहक जो ख़ासा दौलतमन्द था, बिना इच्छा पूरी किये वापस चला गया। सरदार को हैबत ख़ान ने बहुत मुतास्सिर किया था। उसने अफ़ीम खा कर पीनक के आलम में सोचा था कि अगर आमदन इतनी ही रहे, जितनी कि पहले थी और आदमी सिर्फ़ एक हो तो बहुत अच्छा है। चुनांचे उसने फ़ैसला कर लिया था कि बाक़ियों को आहिस्ता-आहिस्ता यह कह कर टरका देगी

कि पुलिस वाले उसके पीछे हैं और वह यह नहीं देख सकती कि उनकी इज़्ज़त ख़तरे में पड़े।

हैबत ख़ान एक हफ़्ते के बाद नमूदार हुआ। इस दौरान में सरदार दो गाहकों को मना कर चुकी थी कि वे अब इधर का रुख़ न करें।

वह उसी शान से आया, जिस शान से पहले रोज़ आया था। आते ही उसने नवाब को अपनी छाती के साथ भींच लिया। सरदार से उसने कोई बात न की। नवाब उसे...बल्कि यूँ कहिए कि हैबत ख़ान उसे कोठरी में ले गया, जहाँ निवाड़ी पलँग था। अब की सरदार अन्दर न आयी और अपनी खटिया पर अफ़ीम की गोली खा कर ऊँघती रही।

हैबत ख़ान बहुत ख़ुश हुआ। उसको नवाब का अल्हड़पन और भी ज़्यादा पसन्द आया। वह पेशेवर रण्डियों के चलित्तरों से क़तअन नावाक़िफ़ थी। उसमें वह घरेलूपन भी नहीं था जो आम घरेलू औरतों में होता है। उसमें कोई ऐसी बात थी जो ख़ुद उसकी अपनी थी। दूसरों से बिलकुल मुख़्तलिफ़। वह बिस्तर में उसके साथ इस तरह लेटती थी जिस तरह बच्चा अपनी माँ के साथ लेटता है। उसकी छातियों पर हाथ फेरता है। उसकी नाक के नथुनों में उँगलियाँ डालता है, उसके बाल नोचता है और फिर आहिस्ता-आहिस्ता सो जाता है।

हैबत ख़ान के लिए यह एक नया तजुर्बा था। उसके लिए औरत की यह क़िस्म बिलकुल निराली, दिलचस्प और जी ख़ुश कर देने वाली थी। वह अब हफ़्ते में दो बार आने लगा था। नवाब उसके लिए एक बेपनाह कशिश बन गयी थी।

सरदार ख़ुश थी कि उसके नेफ़े में उड़सने के लिए काफ़ी नोट मिल जाते हैं—लेकिन नवाब अपने अल्हड़पन के बावजूद कभी-कभी सोचती थी कि हैबत ख़ान डरा-डरा-सा क्यों रहता है। अगर कच्ची सड़क पर से, सरकण्डों के उस पार कोई लारी या मोटर गुज़रती है तो वह क्यों सहम-सा जाता है। क्यों उससे अलग हो कर बाहर जाता है और छिप-छिप कर देखता है कि कौन था।

एक रात बारह बजे के क़रीब सड़क पर से कोई लारी गुज़री। हैबत ख़ान और नवाब दोनों एक-दूसरे से गुँथे हुए सो रहे थे कि एकदम हैबत ख़ान ज़ोर से काँपा और उठ कर बैठ गया। नवाब की नींद बड़ी हल्की थी। वह काँपा तो वह सिर से पैर तक यूँ लरज़ी जैसे उसके अन्दर ज़लज़ला आ गया है। चीख़ कर उसने पूछा, "क्या हुआ?"

हैबत ख़ान अब किसी क़दर सँभल चुका था। उसने ख़ुद को सँभाल कर उससे कहा, "कोई बात नहीं...मैं...मैं शायद ख़्वाब में डर गया था।"

लारी की आवाज़ दूर से रात की ख़ामोशी में अभी तक आ रही थी।

नवाब ने उससे कहा, "नहीं ख़ान...कोई और बात है। जब भी कोई मोटर या लारी सड़क पर से गुज़रती है, तुम्हारी यही हालत होती है।"

हैबत ख़ान की यह शायद दुखती रग थी जिस पर नवाब ने हाथ रख दिया था। उसने अपना मर्दाना रोब-दाब क़ायम रखने के लिए बड़े तेज़ लहजे में कहा, "बकती हो तुम...मोटरों और लारियों से डरने की क्या वजह हो सकती है?"

नवाब का दिल बहुत नाज़ुक था। हैबत ख़ान के तेज़ लहजे से उसको ठेस लगी और उसने बिलख-बिलख कर रोना शुरू कर दिया। हैबत ख़ान ने जब उसको चुप कराया तो वह अपनी ज़िन्दगी की एक लतीफ़ तरीन ख़ुशी से दो-चार हुआ और उसका जिस्म नवाब के जिस्म से और ज़्यादा क़रीब हो गया।

हैबत ख़ान अच्छे क़द-काठ का आदमी था। उसका जिस्म गठा हुआ था। ख़ूबसूरत था। उसकी बाँहों में नवाब ने पहली बार बड़ी प्यारी हरारत महसूस की थी। उसको जिस्मानी लज़्ज़त की अलिफ़-बे उसी ने सिखायी थी। वह उससे मुहब्बत करने लगी थी। यूँ कहिए कि वह शै जो मुहब्बत होती है, उसके मानी अब उस पर खुल रहे थे। वह अगर हफ़्ता ग़ायब रहता तो नवाब ग्रामोफ़ोन पर दर्दीले गीतों के रिकॉर्ड लगा कर ख़ुद उनके साथ गाती और आहें भरती थी। मगर उसको इस बात की उलझन थी कि हैबत ख़ान मोटरों और लारियों की आमदो-रफ़्त से क्यों घबराता है।

महीनों गुज़र गये। नवाब के लगाव और चाहत में इज़ाफ़ा होता गया, मगर उधर उसकी उलझन बढ़ती गयी कि अब हैबत ख़ान चन्द घण्टों के लिए आता और अफ़रा-तफ़री के आलम में वापस चला जाता था। नवाब महसूस कर सकती थी कि यह सब किसी मजबूरी की वजह से है, वरना हैबत ख़ान का जी चाहता है कि वह ज़्यादा देर ठहरे।

उसने कई मरतबा उससे इस बारे में पूछा, मगर वह गोल कर गया। एक दिन सुबह-सवेरे उसकी डौज कार सरकण्डों के पार रुकी। नवाब सो रही थी। हॉर्न बजा तो चौंक कर उठी। आँखें मलती-मलती बाहर आयी। उस वक़्त हैबत ख़ान अपनी मोटर दूर खड़ी करके मकान के पास पहुँच चुका था। नवाब दौड़ कर उससे लिपट गयी। वह उसे उठा कर अन्दर उस कमरे में ले गया जहाँ निवाड़ पलँग था।

देर तक दोनों बातें करते रहे। प्यार-मुहब्बत की बातें...मालूम नहीं नवाब के दिल में क्या आया कि। अपनी ज़िन्दगी की पहली फ़रमाइश की। "ख़ान, मुझे सोने के कड़े ला दो।"

हैबत ख़ान ने उसकी मोटी-मोटी गोश्त भरी सुर्ख़-ओ-सफ़ेद कलाइयों को कई मरतबा चूमा और कहा, "कल ही आ जायेंगे। तुम्हारे लिए तो मेरी जान हाज़िर है।"

नवाब ने एक अदा के साथ, मगर अपने ख़ास अल्हड़ अन्दाज़ में कहा, "ख़ान साहब...जाने दीजिए...जान तो मुझे ही देनी पड़ेगी।"

हैबत ख़ान ने यह सुन कर कई बार उसे गले लगाया...और बड़ा पुरलुत्फ़ वक़्त गुज़ार के चला गया और वादा कर गया कि वह दूसरे दिन आयेगा और सोने के

कड़े उसके नर्म-नर्म हाथों में खुद पहनायेगा।

नवाब ख़ुश थी। उस रात वह देर तक ख़ुशियों से भरे रिकॉर्ड बजा-बजा कर उस छोटी-सी कोठरी में नाचती रही जिसमें निवाड़ी पलँग था...सरदार भी ख़ुश थी। उस रात उसने फिर अपनी डिबिया से अफ़ीम की एक बड़ी गोली निकाली और उसे निगल कर सो गयी।

दूसरे दिन नवाब और ज़्यादा ख़ुश थी कि सोने के कड़े आने वाले हैं और हैबत ख़ान ख़ुद उसको पहनाने वाला है। वह सारा दिन मुन्तज़िर रही, पर वह न आया। उसने सोचा, शायद मोटर ख़राब हो गयी हो—शायद रात ही को आ जाय। मगर वह सारी रात जागती रही और हैबत ख़ान न आया। उसके दिल को, जो बहुत नाज़ुक था बड़ी ठेस पहुँची। उसने अपनी माँ को, या जो कुछ भी वह थी, बार-बार कहा, "देखो ख़ान नहीं आया, वादा करके फिर गया है।" लेकिन फिर वह सोचती और कहती, "ऐसा न हो, कुछ हो गया हो।" और वह सहम भी आती।

कई बातें उसके दिमाग़ में आती थीं। मोटर का हादसा, अचानक बीमारी, किसी डाकू का हमला...लेकिन बार-बार उसको लारियों और मोटरों की आवाज़ों का ख़याल आता था। जिनको सुन कर हैबत ख़ान हमेशा बौखला जाता था...वह उसके मुताल्लिक़ पहरों सोचती थी, मगर उसकी समझ में कुछ नहीं आता था।

एक हफ़्ता गुज़र गया। इस दौरान में उसका कोई पुराना गाहक भी न आया। इसलिए कि सरदार उन सबको मना कर चुकी थी। तीन-चार लारियाँ और दो मोटरें अलबत्ता उस कच्ची सड़क पर से धूल उड़ाती गुज़रीं। नवाब का हर बार यही जी चाहा कि दौड़ती हुई उनके पीछे जाय और उनको आग लगा दे। उसको यूँ महसूस होता था कि यही वे चीज़ें हैं जो हैबत ख़ान के यहाँ आने में रुकावट की वजह हैं, मगर फिर सोचती कि मोटरें और लारियाँ रुकावट की क्या वजह हो सकती हैं और अपनी कम-अक़्ली पर हँसती।

लेकिन यह बात उसके समझ के बाहर थी कि हैबत ख़ान जैसा निडर मर्द उनकी आवाज़ सुन कर सहम क्यों जाता है। इस हक़ीक़त को उसके दिमाग़ की पैदा की हुई कोई दलील झुठला नहीं सकती थी। और जब ऐसा होता तो बेहद संजीदा और मासूम हो जाती और ग्रामोफ़ोन पर दर्दीले रिकॉर्ड लगा कर सुनना शुरू कर देती और उसकी आँखें गीली हो जातीं।

एक हफ़्ते के बाद दोपहर को जब नवाब और सरदार खाना खा कर फ़ारिग़ हो चुकी थीं और कुछ देर आराम करने की सोच रही थीं कि अचानक बाहर सड़क पर से मोटर के हॉर्न की आवाज़ सुनाई दी। दोनों यह आवाज़ सुन कर चौंकीं। क्योंकि यह हैबत ख़ान की डॉज के हॉर्न की आवाज़ नहीं थी—सरदार बाहर लपकी कि देखे कौन है। पुराना आदमी हो तो उसे टरका दे। मगर जब वह सरकण्डों के पास पहुँची तो उसने देखा कि एक नयी मोटर में हैबत ख़ान बैठा है। पिछली सीट पर एक

ख़ुशपोश और ख़ूबसूरत औरत है।

हैबत ख़ान ने मोटर कुछ दूर खड़ी की और बाहर निकला। उसके साथ ही पिछली सीट से वह औरत...दोनों उनके मकान की तरफ़ बढ़े। सरदार ने सोचा कि यह क्या सिलसिला है। औरत के लिए तो हैबत ख़ान इतनी दूर से चलकर यहाँ आता है, फिर यह औरत जो इतनी ख़ूबसूरत है, जवान है, क़ीमती कपड़े पहने है, उसके साथ यहाँ क्या करने आयी है।

वह अभी सोच ही रही थी कि हैबत ख़ान उस ख़ूबसूरत औरत के साथ जिसने बेशकीमती ज़ेवर पहने हुए थे, मकान में दाख़िल हो गया। वह उनके पीछे-पीछे चली। उसकी तरफ़ उन दोनों में से किसी ने ध्यान ही नहीं दिया था।

जब वह अन्दर गयी तो हैबत ख़ान, नवाब और वह औरत तीनों निवाड़ी पलँग पर बैठे थे और ख़ामोशी छायी हुई थी...अजीब क़िस्म की ख़ामोशी। ज़ेवरों से लदी-फँदी औरत अलबत्ता किसी क़दर बेचैन नज़र आती थी कि उसकी एक टाँग बड़े ज़ोर से हिल रही थी।

सरदार दहलीज़ के पास ही खड़ी हो गयी। उसके क़दमों की आहट सुन कर जब हैबत ख़ान ने उसकी तरफ़ देखा तो उसने सलाम किया...हैबत ख़ान ने कोई जवाब न दिया। वह सख़्त बौखलाया हुआ था।

उस औरत की टाँग हिलना बन्द हुई और वह सरदार से मुख़ातिब हुई, "हम आये हैं, खाने-पीने का तो बन्दोबस्त करो।"

सरदार ने सिर से पैर तक मेहमान-नवाज़ बन कर कहा, "जो तुम कहो, अभी तैयार हो जाता है।"

उस औरत ने जिसके चेहरे-मोहरे से साफ़ पता चलता था कि बड़ी धड़ल्ले की औरत है, सरदार से कहा, "तो चलो तुम बावर्चीख़ाने में...चूल्हा सुलगाओ...बड़ी देगची है घर में?"

"है।" सरदार ने अपना वज़नी सिर हिलाया।

"तो जाओ, उसको धो कर साफ़ करो। मैं अभी आयी।" वह औरत पलँग पर से उठी और ग्रामोफ़ोन को देखने लगी।

सरदार ने झिझकते हुए उससे कहा, "गोश्त वग़ैरा तो यहाँ नहीं मिलेगा।"

उस औरत ने एक रिकॉर्ड पर सुई रखी। "मिल जायेगा। तुमसे जो कहा है, वह करो...और देखो, आग काफ़ी हो।"

सरदार यह हुकुम सुन कर चली गयी। अब वह ख़ुशपोश औरत मुस्करा कर नवाब से मुख़ातिब हुई, "नवाब, हम तुम्हारे लिए सोने के कड़े ले आये हैं।"

यह कह कर उसने अपना वैनेटी बैग खोला और उसमें से एक बारीक़ सुर्ख़ काग़ज़ में लिपटे हुए कड़े निकाले जो काफ़ी वज़नी और ख़ूबसूरत थे।

नवाब अपने साथ बैठे हुए ख़ामोश हैबत ख़ान को देख रही थी। उसने कड़ों

को एक नज़र देखा और उससे बड़ी नर्म-ओ-नाज़ुक मगर सहमी हुई आवाज़ में पूछा, "ख़ान, यह कौन है?"

उसका इशारा उस औरत की तरफ़ था।

वह औरत कड़ों से खेलते हुए बोली, "मैं हैबत ख़ान की बहन हूँ।" और यह कहकर उसने हैबत ख़ान की तरफ़ देखा जो उसके इस जवाब पर सिकुड़-सा गया था। फिर वह नवाब से मुख़ातिब हुई, "मेरा नाम हलाकत है।"

नवाब कुछ न समझी। मगर वह उस औरत की आँखों से ख़ौफ़ खा रही थी जो यक़ीनन ख़ूबसूरत थीं, मगर बड़े ख़ौफ़नाक ढंग से फैली हुई थीं। उन से जैसे आग बरस रही थी।

वह आगे बढ़ी और उसने सिमटी हुई, सहमी हुई नवाब की कलाइयाँ पकड़ी और उनमें कड़े डालने लगी। लेकिन उसने उसकी कलाइयाँ छोड़ दीं और हैबत ख़ान से मुख़ातिब हुई, "तुम जाओ हैबत ख़ान...मैं इसे अच्छी तरह सजा-बना कर तुम्हारी ख़िदमत में पेश करना चाहती हूँ।"

हैबत ख़ान सन्न था। जब वह न उठा तो वह औरत, जिसने अपना नाम हलाकत बताया था, ज़रा तेज़ी से बोली, "जाओ...तुमने सुना नहीं?"

हैबत ख़ान, नवाब की तरफ़ देखता हुआ बाहर चला गया। वह बहुत बेचैन था। उसकी समझ में नहीं आता था कहाँ जाय और क्या करे।

मकान के बाहर जो बरामदा-सा था उसके एक कोने में टाट लगा बावर्चीख़ाना था। जब वह उसके पास पहुँचा तो उसने देखा कि सरदार आग सुलगा चुकी है। उसने उससे कोई बात न की और सरकण्डों के उस पार सड़क पर चला गया...उसकी हालत नीम-दीवानों-सी थी। ज़रा-सी आहट पर भी वह चौंक उठता था।

जब उसको दूर से एक लारी आती दिखायी दी तो उसने सोचा कि वह उसे रोक ले और उसमें बैठ कर वहाँ से ग़ायब हो जाय। मगर जब वह पास आयी तो ऐसी धूल उड़ी कि वह उसमें ग़ायब हो गया। उसने आवाज़ें दी, मगर गर्द की वजह उसका गला इस क़ाबिल ही नहीं था कि बुलन्द आवाज़ निकल सके।

गर्द-ओ-गुबार कम हुआ तो हैबत ख़ान नीम-मुर्दा था...उसने चाहा कि सरकण्डों के पीछे उस मकान में जाय जहाँ उसने कई दिन और कई रातें नवाब के अल्हड़ पहलू में गुज़ारी थीं। मगर वह न जा सका। उसके क़दम ही नहीं उठते थे।

वह बहुत देर तक कच्ची सड़क पर खड़ा सोचता रहा कि यह मामला क्या है। जो औरत उसके साथ आयी थी, उसके साथ उसके काफ़ी पुराने ताल्लुक़ात थे। सिर्फ़ इस बिना पर कि बहुत देर हुई, वह उसके ख़ाविन्द की मौत का अफ़सोस करने गया था, जो उसका लँगोटिया यार था मगर इत्तफ़ाक़ से यह मातमपुर्सी उन दोनों के आपस ताल्लुक़ में तबदील हो गयी। ख़ाविन्द की मौत के दूसरे ही दिन वह उसके घर में था। और उस औरत ने उसको ऐसे रोब-दाब से अन्दर बुला कर अपना आप

उसके सिपुर्द किया था जैसे वह उसका नौकर है।

हैबत ख़ान औरत के मामले में बिलकुल कोरा था। जब शाहीना ने उससे अपने अजीब-ओ-ग़रीब रोबीले लगाव का इज़हार किया तो उसके लिए यही बहुत बड़ी बात थी। इसमें कोई शक नहीं कि शाहीना के पास बेअन्दाज़ा दौलत थी। कुछ अपनी और कुछ अपने मरहूम ख़ाविन्द की, मगर उसे इस दौलत से कोई सरोकार नहीं था। उसको शाहीना से सिर्फ़ यही दिलचस्पी थी कि वह उसकी ज़िन्दगी की सबसे पहली औरत थी। वह उसके रोब के नीचे शायद इसलिए दब के रह गया था कि वह बिलकुल अनाड़ी था।

बहुत देर तक वह कच्ची सड़क पर खड़ा सोचता रहा। आख़िर उससे न रहा गया। सरकण्डो के पीछे मकान की तरफ़ बढ़ा तो उसने बरामदे में टाट लगे बावर्चीख़ाने में सरदार को कुछ भूनते हुए देखा। अन्दर उस कमरे की तरफ़ गया जहाँ निवाड़ का पलँग था तो दरवाज़ा बन्द पाया। उसने हौले से दस्तक दी।

चन्द लम्हों के बाद दरवाज़ा खुला। कच्चे फ़र्श पर उसको सबसे पहले ख़ून-ही-ख़ून नज़र आया। वह काँप उठा। फिर उसने शाहीना को देखा जो दरवाज़े के पट के साथ लगी खड़ी थी। उसने हैबत ख़ान से कहा, "मैंने तुम्हारी नवाब को सजा-बना दिया है।"

हैबत ख़ान ने अपने ख़ुश्क गले को थूक से किसी क़दर तर करके उससे पूछा "कहाँ है?"

शाहीना ने जवाब दिया, "कुछ तो इस पलँग पर है...लेकिन इसका बेहतरीन हिस्सा बावर्चीख़ाने में है।"

हैबत ख़ान पर इसका मतलब समझे बग़ैर दहशत तारी हो गयी। वह कुछ कह न सका। वही दहलीज़ के पास खड़ा रहा। मगर उसने देखा कि फ़र्श पर गोश्त के छोटे-छोटे टुकड़े और...और एक तेज़ छुरी भी पड़ी है। और निवाड़ी पलँग पर कोई लेटा है जिस पर ख़ून-आलूदा चादर पड़ी है।

शाहीना ने मुस्करा कर कहा, "चादर उठा कर दिखाऊँ...तुम्हारी सजी-बनी नवाब है...मैंने अपने हाथों से सिंगार किया है...लेकिन तुम पहले खाना खा लो। बहुत भूख लगी होगी तुम्हें। सरदार बड़ा लज़ीज़ गोश्त भून रही है उसकी बोटियाँ मैंने ख़ुद अपने हाथ से काटी हैं।"

हैबत ख़ान के पाँव लड़खड़ाये...ज़ोर से चिल्लाया, "शाहीना, तुमने यह क्या किया है?"

शाहीना मुस्करायी। "जाने मन यह पहली मरतबा नहीं...दूसरी मरतबा है। मेरा ख़ाविन्द, अल्लाह उसे जन्नत नसीब करे, तुम्हारी तरह ही बेवफ़ा था। मैंने ख़ुद उसको अपने हाथों से मारा था और उसका गोश्त पका कर चीलों और कौओं को खिलाया था...तुमसे मुझे प्यार है, इसलिए मैंने तुम्हारी बजाय..."

उसने फ़िकरा मुकम्मल न किया और पलँग पर से ख़ून-आलूदा चादर हटा दी...हैबत ख़ान की चीख़ उसके हलक़ के अन्दर ही फँसी रही और वह बेहोश हो कर गिर पड़ा।

जब उसे होश आया तो उसने देखा कि शाहीना कार चला रही है और वह दूसरे इलाक़े में है।

□□